韓国文学ガイドブック

ele-king books

まえがき

韓国文学は、なぜこんなにも私たちの心を打つのだろう。もちろん面白いからだ。でも、それだけじゃない。私たちは韓国文学にそれ以上に切実なものを求めている。それは何なのだろう。

たとえば二〇二〇年に刊行された膨大な韓国文学の中の二冊……チョ・ナムジュ『彼女の名前は』とチョン・セラン『屋上で会いましょう』を見てほしい。これらの売れっ子作家による小説はめっぽう面白いだけでなく、読み終わってからも心のミットにズバン！と直球を叩き込まれたような重いメッセージが残る。そしてそのメッセージは、すでにそれぞれの本の帯に端的に示されている。「女性たちは立ち上がる。「次の人」のために」「私が去った席に次に来るあなたへ」

そう、だからこれは「私たち」の物語なのだ。これらの物語を読んだ私たちは、いつのまにか見えないバトンを手にしたのだ。その責任が私の心を重くする。無視なんかできない。一度気づいてしまったら、一度この光景が見えてしまったら、もう元に戻ることはできない。バトンを持って走り続けるしかない。ハラスメントや理不尽な攻撃、無視、差別、嘲笑。自分一人がされることなら我慢できる。でも、自分の次に来る人は？　自分が黙っていたことで、自分ではない他の人がそんな目に遭うとしたら？　我慢できない。声を上げなければならない、そう思う。腹の底が熱くなって、気力がわいてくる。

　韓国文学を読み始めるまえに、私は韓国映画に夢中になっていた。二〇一六年くらいだったと思う。そのとき外国人である私たちと積極的に交流してくれた韓国のお姉さんたちは、朴槿恵《パククネ》政権に抗議の声をあげ、オンラインやオフラインのデモに参加していた。江南駅殺人事件が起きたときも、どんどんハッシュタグを使って悲しみと怒りと情報をシェアしていた。趣味のアカウントなのに、普通にこういった政治的行為を表明するお姉さんたちに最初はとまどうこともあった。けれども今の自分を見ると、こう気づく。「ああ、あのとき自分はきっと、見えないバトンを受け取ったんだ」と。

　この現代に、同時代に書かれた韓国文学を読む醍醐味の一つは、まさにそれではないかと思う。私たちは非対称な歴史を持っている。日本はかつて朝鮮半島を侵略し、多くの人々を虐殺し、あらゆるものを残酷に踏みにじって簒奪した。それは今も続いている。許すことはできない。反省もなしに、簡単に連帯しようなどとは言えない。

でも、類似した社会構造から来る共通の問題に立ち向かうとき、そこに……手を携えることのできる余地は残されているのではないだろうか。確かにバトンを受け取った、と思える瞬間はあるのではないだろうか。私にとって同時代の韓国文学は、ずっとそのような勇気を与えてくれる存在だった。先を走りつづける頼もしいランナーのような存在だった。ねえそれ、怒ってもいいんだよ。我慢しなくてもいいんだよ。声をあげてもいいんだよ、そう背中を押してくれる存在だった。

だからこのような本の刊行の機会に恵まれて、大変ありがたく思う。この本が多くの人へのバトンになることを願っている。悩み、苦しんでいる人々の支えになることを願い、そのような人たちのために立ちあがって声をあげるきっかけになることを願っている。

本書は韓国文学のガイド本であると同時に、私から韓国文学への感謝の気持ちを書いたラブレターだ。ここから広大で多様な韓国文学の世界へと飛び立ってほしい。私からあなたへ、バトンは渡した。どうぞ、よい旅を。

黒あんず

目次

バックグラウンド

韓国現代史《バックグラウンド》

菊池昌彦

解放と分断　戦後〜一九五〇年代

第二次大戦後、日本の統治から離れた朝鮮半島は、ソ連とアメリカが南北に分割統治します。やがて一九四八年に、金日成率いる朝鮮民主義人民共和国（北朝鮮）と、李承晩《イスンマン》を初代大統領とする大韓民国（韓国）という二つの国が誕生します。一九五〇年から始まった朝鮮戦争により、両国は激しく争いましたが、一九五三年に北緯三八度線に軍事境界線（DMZ）を定めて停戦協定を結び、以後七〇年近くにらみ合いが続くことになりました。

韓国はアメリカの傀儡政権として誕生しましたが、李承晩は反共と反日を掲げて独裁体制を確立します。李承晩ラインを設定して対馬や竹島の領有権も主張しました。しかし、一九六〇年に不正選挙に反発した民衆による四月革命により失脚し、ハワイに亡命します。その後、軍事クーデターによって実権を握った朴正熙《パクチョンヒ》が大統領となります。

高度成長から軍事政権の時代へ　一九六〇年代～

朴正熙は、ベトナム戦争に参戦するなど親米を貫き、日韓基本条約を締結して日本とも国交を回復。外貨獲得によるインフラ整備を進め「漢江の奇跡」と呼ばれる高度経済成長を実現します。七〇年代には農村部の発展を促す「セマウル運動」も提唱しました。しかし、対抗馬と目される金大中《キムデジュン》拉致事件への関与など独裁者としての色も強く、民主化運動を強権で封じようとします。ところが、そんな朴正熙は一九七九年十月二十六日、側近であった中央情報部（ＫＣＩＡ）部長に暗殺されてしまうのです。

朴正熙大統領の暗殺後、一時的に民主化ムードが高まり、学生運動や労働運動が活発化し「ソウルの春」と呼ばれました。しかし、粛軍クーデターによって全斗煥《チョンドゥファン》将軍が実権を握ると、再び軍事独裁政権が復活します。

大統領となった全斗煥は、一九八〇年に戒厳令を布告すると、五月十八日に起こった光州事件で一般市民にも弾圧を加えます。光州事件は当初政府により隠蔽されていましたが、海外メディアなどで報じられ、国内でも徐々に明らかになっていきます。

民主化と経済危機　一九八〇年代～

民主化運動が活性化すると、全斗煥は腹心の盧泰愚《ノテウ》を後継者に指名します。そんな盧泰愚は、市民の民主化要求を無視できなくなり、一九八七年六月二九日、ついに民主化宣言を発表します。八〇年代後半の韓国は、経済成長率も二桁の伸びを示し、新聞やテレビの普及により情報統制も難しくなっていました。一九八八年にはソウルオリンピックが開催され、国際社会で認められた韓国は、ソ連や中国とも国交を回復。一九九一年には北朝鮮と共に国連加盟を果たします。

一九九三年、長い軍事独裁政権から脱し、直接選挙により金大中と並ぶ民主運動家だった金泳三《キムヨンサム》が大統領となります。金泳三はクリーンな政治を提唱し、輸出拡大による好景気を主導し、ＧＮＰは一万ドルを突破しＯＥＣＤの一員ともなります。しかし、一九九七年にはアジア通貨危機を受けてＩＭＦからの支援を受けることになります。旧財閥企業が倒産し、韓国の通貨であるウォンの信用が一気に下落。さらに金泳三大統領は次男の汚職事件が発覚したことで退任し、金大中大統領が誕生します。金大中大統領は「太陽政策」という有和政策をとり南北首脳会談を実現し、ノーベル平和賞を受賞しています。

花開く文化と残された課題　二〇〇〇年代以降

二一世紀になると、それまで海賊版などで流通するしかなかった日本を始めとする海外の音楽やアニメなど大衆文化も段階的に開放されていきます。さらに二〇〇二年には日本とサッカーワールドカップを共催しています。産業面では急速にIT化を進め、携帯普及率、ブロードバンド普及率で日本を凌駕し、サムスンやLGといった企業が台頭してきました。韓国ではインターネットを利用する際に住民登録番号が必要となることが多いことから、利用状況なども把握されやすくなっています。小説やマンガ、音楽などの創作活動も、ポータルサイトを通じて活発に行なわれるようになりました。

その後、金大中政権は息子たちの汚職が発覚し失速しますが、韓国経済は安定期に入ります。半導体や有機ELなどの輸出に加え、ドラマや音楽といったコンテンツ産業の輸出は韓流ブームをもたらし、韓国のイメージを高める効果もありました。その間に政権は左派の盧武鉉から保守の李明博《イミョンバク》大統領、朴正熙大統領の娘である朴槿恵《パククネ》大統領などに移りましたが、相次ぐ不祥事により罷免され、二〇一七年以降は左派の文在寅《ムンジェイン》大統領が就任しています。二〇一八年には冬季平昌オリンピックも開催され、ボーイズグループBTSがアメリカのヒットチャートで一位を獲得し世界的人気を博すなど、世界における韓国の存在感は増しているといえます。

しかし、国内に目を向けると、深刻な失業率の高さや、男女差別などの格差はまだ色濃く残っています。六〇年代生まれで八〇年代に学生運動の担い手となった三〇代の世代は、九〇年代には「３８６（サムパルユク）世代」と呼ばれましたが、現在は保守化して団塊の世代となっています。一方で極端な学歴偏重社会の中、大学を卒業したにもかかわらず就職難から最低賃金で働く「88万ウォン世代」と呼ばれる若年層が生まれています。韓国の失業率は4・3％ですが、潜在的な失業者や短期就業者などを加えた十五〜二十九歳の拡張失業率は26・8％にもなるといいます。不安定な生活から「恋愛、結婚、出産」を放棄した「三放世代」と呼ばれ、現在はこれに「就職、マイホーム、人間関係、夢」までもあきらめた「七放世代」といった言葉も生まれています。

二〇〇三年以降、人口十万人あたりの自殺率はＯＥＣＤ加盟国中トップクラスを維持。世界最先端のデジタル社会でありながら、超少子化、大都市と地方、男女、経済などの各格差は埋まることなく、こういったいびつな社会背景が、近年の韓国文学作品の題材にも大きく影響を与えているといえます。

バックグラウンド

韓国の地理

菊池昌彦

韓国は、北緯三十八度線を境に北朝鮮と分断され、東は日本海（韓国では東海）、西は黄海、南は対馬海峡（韓国では南海）と三方を海に囲まれています。陸地の東側は太白山脈が縦断し、太白山を分水嶺に、漢江が首都ソウルに向かって黄海に、洛東江が南海に注いでいます。人口は約五千万人と日本の半分程ですが、国土面積は約十万平方キロメートルと、日本の四分の一以下です。世界的にも人口密度の高い国で、韓国ではこれを九つの道、六つの広域市、一つの特別市、さらに一つの特別自治市を設けて行政区としています。さらに都市部では「町」にあたる「区」や「洞」、地方では「邑」や「面」に細分化されています。日本にも県民性があるように、それぞれの風土、文化、歴史などにより地域性があります。

特別市と広域市

特別市と広域市は、日本でいう政令指定都市にあたり、道とは独立した自治権を持ちます。

・ソウル特別市　全人口の五分の一が集中する韓国の首都です。朝鮮時代は漢城、日本統治時代は京城と漢字表記されましたが現在はハングルか英語（Seoul）で表記されます。全体は二十五区に別れていますが、ソウル市の中心を漢江が横切り、北を江北、南を江南と呼びます。江北は名所旧跡が残り、江南は開発が著しく人気エリアとなっています。

・釜山《プサン》広域市　韓国南部の要衝。港湾都市として古くから栄え、日本との往来も頻繁です。

・大邱《テグ》広域市　慶尚北道内にあった韓国第三の都市。南北を結ぶ要衝で工業が盛んです。

・仁川広域市　仁川国際空港のある空の玄関。埋立が進み経済特区として発展中です。

・光州広域市　南西部の地方都市。一九八〇年の光州事件の舞台で韓国民主化の象徴です。

・大田広域市　農村地帯でしたが、科学技術都市として各種企業の誘致を進めています。

・蔚山広域市　現代自動車の本社や韓国最大の石油コンビナートを持つ工業都市です。

※世宗特別自治市　二〇一二年に韓国中部の忠清南道に新設された計画都市です。ソウルの過密化緩和のため、首都機能の一部を移転しています。

道

「道」は「方面」といった意味で、李氏朝鮮時代には八道が置かれました。「全羅道」は

「全州」と「羅州」にまたがる方面ということです。現在は、さらに全羅北道と全羅南道の南北に分けるなど、九道に細分化しています。

・京畿道　韓国西北部。ソウルや仁川を囲み、水原市が道庁所在地。韓国における首都圏であり、最大の人口を持つベッドタウンです。
・江原道　韓国北東部、北朝鮮側にも同名の道が存在します。道庁所在地は春川市。二〇一八年には平昌冬季五輪を開催した寒冷地です。
・忠清北道　韓国中部の忠清道の東側。道庁所在地は清州市。唯一海と接していない道です。
・忠清南道　京畿道の南で忠清北道の西側。大田市を分離し、洪城郡に道庁を置きます。
・全羅北道　韓国東南で中心地は全州市。黄海に面した平野は韓国有数の穀倉地帯です。
・全羅南道　全羅道の南半分。道庁は光州市から務安郡に移転。珍島など島嶼部も多い。
・慶尚北道　韓国中東部で道庁は安東市。太白山脈と小白山脈に囲まれた盆地です。
・慶尚南道　釜山と蔚山以外の韓国南東部。道庁は昌原市に置き、文在寅大統領など歴代四名の大統領を輩出しています。
・済州特別自治道　韓国最南端の済州島。かつて流刑地でしたが、現在はリゾート地です。

バックグラウンド

韓国の出版社と文芸誌

すんみ

日本に五大文芸誌というものがあるように、韓国にも四大文芸誌と呼ばれるものがある。一九五五年創刊の「現代文学」（現代文学）、一九六六年創刊の「創作と批評」（創批《チャンビ》[1]）、一九七〇年創刊の「文学と知性」（文学と知性社）、一九九四年創刊の「文学トンネ」（文学トンネ）。月刊である「現代文学」のほかはすべて季刊誌だ。

「現代文学」は韓国で最も長い歴史を持つ文芸誌で、創刊以来五十六年間一度も休刊することもなく今に至っている。これまで排出した文学者は、詩人の高銀《コウン》や呉圭原《オギュウォン》、小説家の朴《パク》景利《ギョンリ》や趙廷来《チョジョンレ》、評論家の金允植《キムユンシク》など五百九十三人に上るという。

その後創刊された「創作と批評」「文学と知性」は、長年韓国文学の二本柱として機能してきた。「民族主義」や「民衆主義」を提唱し、社会批判にも積極的だった前者と、「自由主義」や「市民主義」を提唱した後者。こういった異なる傾向により、作家たちは「創批系列」「文知《ムンジ》系列」に分かれていた。「創批」系列の代表的作家には黄皙暎《ファンソギョン》が、「文知」系列の代表的な作家には李清俊《イチョンジュン》がいる。こうした違いがあるにせよ、両誌は七、八〇年代の独裁

1：創刊時の社名は「創作と批評社」。二〇〇三年に改名。

政権時代において民衆化運動をけん引した。一九八〇年には軍部政権により廃刊に追い込まれ、「創批」はその後一九八八年に復刊、「文知」は「文学と社会」に改名して刊行を続けていった。

一九九三年にはイデオロギーから脱して「純粋文学主義」を標榜する出版社「文学トンネ」が設立、翌年には同名の文芸誌が創刊される。当時の編集主幹だった詩人のイ・ムンジェ氏は、文芸誌「文学トンネ」についてこう語る。「七〇～八〇年代の季刊誌は、文学を通じた知識人の現実参与を意識しながら人文社会科学を包括する知性誌を目指した。（中略）しかし、私たちは九〇年代には文学に充実した文学季刊誌が必要だと思い、創刊号から創作と作家中心主義を提唱している」[2]。評論家のファン・ジョンヨンやシン・ヒョンチョル、詩人のリュ・ボソンなど三十代の編集委員で構成された「文学トンネ」は、販売部数一万部を突破するなど大ヒットを記録した。ここで登場したのが九〇年代にベストセラーの作品を生み続けた申京淑《シンキョンスク》、殷熙耕《ウンヒギョン》、金英夏《キムヨンハ》である。こうした「スター作家」が若い読者から熱い支持を受け、文芸誌「文学トンネ」は九〇年代の韓国文学の中心となっていく。

韓国で「販売部数一四〇万部突破」という大ヒットを記録したチョ・ナムジュ『82年生まれ、キム・ジヨン』の版元である民音社は、長年海外文学に注力してきた出版社だった。

2：「『文学トンネ』発足四年で〈九〇年代文壇〉中心に」（朝鮮日報、1999.01.07）

一九七六年には季刊誌「世界の文学」を創刊し、海外文学を紹介すると同時に世界文学としての韓国文学の可能性を模索した。[3] これを廃刊し、翌年の二〇一六に「新しい文芸メディア」として創刊した隔月刊誌「Littor」は、「作家中心」ではなく「読者中心」を提唱し、多様性に重きを置いている。作家や評論家などで構成された編集委員や企画委員で制作され、一部の作家に執筆依頼が集中するなど、「文壇の権力を生んでいる」とも批判されている既存の文芸誌と差別化を図った形だ。

他にもウネンナム（銀杏の木という意）から二〇一五年に創刊された隔月刊誌「Axt」（「小説のための、小説の読者のための、小説家による」雑誌を標榜している）、創批から「若い文芸誌」として二〇一七年に創刊された「文学３」（誰もが参加し得る「プラットフォーム」（場）としての文学を目指し、雑誌とオンライン、オフラインを融合させた活動を進めている）、arteから二〇一九年に創刊されたＳＦ専門ムック「今日のＳＦ」（チョン・セランやチョン・ソヨンなど人気作家が編集委員として参加し、話題となった）、タサンブックスから二〇二〇年に創刊された文学雑誌「EPIC」（これまで文学として扱われてこなかったルポルタージュなどのノンフィクションを中心に掲載し、文学の外縁を拡張させようとしている）など、注目すべき新感覚の雑誌がどんどん刊行されている。

3：「海外文学を研究、紹介するだけでなく、韓国文学を世界文学の次元で研究、評価する作業を進め、海外文学研究を総合化することで韓国文化や韓国文学の一部として定着させること」を創刊の趣旨としている。「季刊誌『世界の文学』創刊」（朝鮮日報、1976.09.15）

バックグラウンド

韓国の文学賞

すんみ

韓国を代表する文学賞に李箱《イサン》文学賞がある。朝鮮を代表するモダニズム作家の李箱が残した文学的業績を記念して一九七二年に創設された。毎年一月から十二月まで文芸誌をはじめとする定期刊行物に掲載された中短篇小説が審査対象となる。中短篇を対象にしている理由は「文学の中心が長篇小説からだんだん中短篇小説に移行している流れを考慮し、作品の個性や表現における緻密さや濃縮さが濃厚で強烈な小説美学の香りや感動を導き出すと信じているから」とする。最も優れた作品を大賞に、他に十篇以内の作品を優秀作に選ぶのだが、作家の経歴と関係なくもっぱら作品だけが審査の対象となる。二〇二一年の大賞受賞作は、作家歴四十年のイ・スンウ「心の浮力」だった。死んだ兄への母や弟の罪責感を描いたこの作品は「緻密な内面描写や繊細な文体から短篇小説という様式の典型を見せてくれた」（文学評論家、クォン・ヨンミン）と評価された。過去の受賞作から日本語で読めるものは、二〇〇五年大賞受賞作ハン・ガン「蒙古斑」（『菜食主義者』所収、きむふな訳、クオン）、二〇一四年受賞のピョン・ヘヨン「モンスーン」（『モンスーン』所収、姜信子訳、白水社）などがある。

伝統の文学賞

最も長い歴史を持つのは一九五五年に創設された現代《ヒョンデ》文学賞だ。現代文学賞は文芸誌「現代文学」を刊行する同名の出版社より「作家の創作意欲を高め、韓国文学の質的発展を促す」ことを目的に作られた。小説の他に詩、戯曲、評論部門がある。これまで最も多くの作家を輩出したことでも知られる文学賞だ。邦訳で読める作品には、二〇〇六年受賞のチョン・イヒョン「三豊百貨店」（『優しい暴力の時代』所収、斎藤真理子訳、河出書房新社）、二〇一二年受賞のチョン・ソンテ「釣りをする少女」（『二度の自画像』所収、吉良佳奈江訳、東京外国語大学出版会）、二〇一五年受賞のピョン・ヘヨン「少年易老」（『モンスーン』所収）、二〇一九年受賞のパク・ミンジョン「モルグ・ジオラマ」（『完全版 韓国・フェミニズム・日本』所収、斎藤真理子訳、河出書房新社）などがある。

同じく一九五五年に創設された東仁《トンイン》文学賞も韓国で最も有名な文学賞の一つだ。韓国近代文学の創生期に活躍した作家の一人、金東仁の業績をたたえ総合教養誌「思想界」によって創設された。しかし、「思想界」を創刊した張俊河《チャンジュンハ》が朴正熙《パクジョンヒ》政権を批判、韓国の特権階級を批判する金芝河《キムジハ》の長篇詩「五賊」を掲載したことが原因で休刊に追い込まれ、経営難により東仁文学賞も一九六七年から十二年間運営が中断された。今は朝鮮日報社の主催で行われている。邦訳された主な受賞作は、一九六五年受賞の金承鈺《キムスンオク》「ソウル1964年冬」（『ソウル1964年冬』所収、青柳優子訳、三一書房）、チョ・セヒ『こびとが打ち上げた小さなボール』（斎藤真理子訳、河出書房新社）、二〇〇七年受賞のウン・ヒギョン「美しさが僕をさげすむ」（『美しさが僕をさげすむ』所収、呉永雅《オヨンア》訳、クオン）、二〇一六年受賞のクォン・ヨソン「あんにょん、酔っぱらい」（邦題は「春の宵」）（『春の宵』所収、橋本智保訳、書肆侃侃房）、二〇一七年受賞のキム・エラン「外は夏」（『外は夏』所収、古川綾子訳、亜紀書房）などがある。

他にも、一九八九年に創設された金裕貞《キムユジョン》文学賞（中短篇小説、以下、括弧の中は審査対象）、二〇〇〇年に創設された李孝石《イヒョソク》文学賞（文芸誌、定期・不定期刊行物、ウェブマガジンなどに発表された中短篇小説）、二〇〇一年に創設された黄順元《ファンスンウォン》文学賞（主要文芸誌に掲載された短篇小説）など作家の名前にちなんだ文学賞が数多くある。

新たに設立された文学賞の数々

歴史は短いが、若手作家を読者に広く知らせるために出版社文学トンネが二〇一〇年に創設した「若い作家文学賞」は、新しい感覚の文学が楽しめるとして読者から熱い支持を受けている。邦訳で読める主な作品には二〇一一年受賞のキム・エラン「水の中のゴライアス」（「新潮」二〇一〇年六月号、金明順訳）、二〇一四年受賞のファン・ジョンウン「上流には猛禽類」（『誰でもない』所収、斎藤真理子訳、晶文社）、二〇一六年受賞のキム・グミ「あまりにも真昼の恋愛」（『あまりにも真昼の恋愛』所収、すんみ訳、晶文社）、二〇一九年受賞のパク・サンヨン「メバル一切れ宇宙の味」（『大都会の愛し方』所収、オ・ヨンア訳、亜紀書房）などがある。

また、新人の登用門として有名なのは、各新聞社が主催する「新春文芸」（短篇）だ。毎年一月一年に受賞作が発表され、日本でも知られるキム・ヘジン、ペク・スリンなどがこの賞によりデビューを果たした。

だが、近年は「新春文芸」の他に、文学トンネから一九九五年に創設された文学トンネ小説賞やハンギョレ新聞社から一九九六年に創設されたハンギョレ文学賞のような、デビューの有無を問わない応募式の文学賞が多く創設され、デビューへの道は広がりつつある。またSF小説分野の新人賞「韓国科学文学賞」も二〇一六年から公募を始めている。

「賞の権威」と寄せられる批判

これらの文学賞は、韓国文学の発展を支えてきたと評価されているが、一方で「文壇権力」を生むシステムとして機能しているという理由から受賞を拒否する動きも見られる。二〇二〇年に話題となった李箱文学賞の問題。主催側の文学思想社から受賞作品の著作権を三年間譲渡するようにと求められ、キム・グミが受賞を拒否する。この一連のやりとりをキム・グミがTwitterに掲載すると、チェ・ウニョン、イ・ギホも同じ理由で受賞を拒否した。これを受け、二〇一九年の大賞受賞者だったユン・イヒョンが賞を返納すると発表。また、ユンは書いているだけで「文壇権力」に手を貸してしまうことになると文壇のシステムを批判し、活動を中止するに至る。

同じく二〇二〇年には新春文芸の詩部門の受賞者たちが受賞作品集への掲載を拒否した事件もあった。版元が「文壇内性暴力」の加害者と関係があるという理由だった。さらに彼らは作家を「登壇／非登壇」作家、つまり新春文芸や文芸誌の新人賞を受賞するなどして既存の文壇システムの中でデビューしているかどうかを基準に区分づけられることに反対する。

文学賞をめぐる様々な批判の声も聞こえてくる中、各文学賞の趣旨を違えず、公正さを保ちながら文学の発展を支えていけるか、今後の動きが注目される。

作家紹介＋おすすめ作品

作家紹介

ハン・ガン――生き残った者たちの義務

黒あんず

「生き残ったという複雑なよろこびには、どうしようもないうしろめたさが最後までつきまとう」（石原吉郎『望郷と海』）

そう記したのは戦後シベリア抑留を経験した詩人の石原吉郎だが、ハン・ガン作品に通底する「生の苦しみ」もまた、かぎりなくその感情に似ている。つまり、ハン・ガンの描く凍てつくような苦痛は〈生き残ってしまった人間の苦しみ〉である。なぜ自分は死ななかったのか。あの日あの場所で死んだのは「わたし」であったはずなのに、なぜ、「あなた」が死ぬのか。

李箱文学賞だけでなくアジア人として初めてマン・ブッカー賞を受賞した『菜食主義者』（きむふな訳、クオン）のインへとヨンへ、『ギリシャ語の時間』（斎藤真理子訳、晶文社）の「彼女」と「彼」、『回復する人間』（斎藤真理子訳、白水社）の「私」とウニ姉さん、『少年が来る』（井手俊作訳、クオン）のトンホとチョンデ。ハン・ガンの作品には鏡像のような分身たちがたびたび登場する。あるいは語り手や主人公自身の一部であるような人物が存在している。そして死ぬ。残された側はその死に深く傷つく。いや、失ってから初めて彼らが自分の一部であったと気づくのかもしれない。

あのとき、死んだのは「わたし」ではなかったか。なぜ「わたし」ではなかったのか。

生まれなかったかもしれない「私」

「おまえは危うく生まれないところだったんだよ。その話を聞くたびに、不思議な気持ちになった。私は生まれてなかったかもしれないのだ。私にとって生は、自ずと、当然のように与えられたものではなかった。この世界はまるで巨大な蜃気楼のように、あるいは薄い膜のように、数多くの変数が偶然に出会った結果、暗い闇の中から浮かびあがった一つの可能性に過ぎなかった」（『僕は李箱から文学を学んだ』クオン）

小説家・韓勝源の娘として生まれたハン・ガンは、胎内にいたころ母親が擬似腸チフスにかかって堕胎を決心しており、しかしすんでのところで思い留まって生まれた子どもだったという。先に生まれた姉と兄も、生後まもなく息を引き取った。そのような〈いま・ここ〉

である生を相対的に俯瞰せざるをえない経験が作家ハン・ガンのアイデンティティの核にあり、たとえば『すべての、白いものたちの』（斎藤真理子訳、河出書房新社）に代表されるように、創作においても少なくない影響を見ることができる。

もし一歩違ったら、死んでいたのは自分ではないか。生とは可能性でしかない。確実なものではない。当然のように与えられるものではない。

生の外側から問いかける声

しかしハン・ガンがこれほどまでに私たちの感情を揺さぶるのは、それがけっして個人の経験の範疇に留まってはいないからだろう。『回復する人間』では親しい人間を失った者として、『少年が来る』では光州事件の生き残りとして、私たちに「なぜあなたは生きている？」と生の外側から問いかける声こそがハン・ガン作品を貫くテーマの一つではないか。

一九八〇年五月十八日に起こった光州事件を取材したリレー形式の短編集である『少年が来る』は、読むたびに窒息しそうになる。光州事件で軍が虐殺した無辜の市民は、一五四名とも一八九名とも言われている。調査が進めば被害者の数はさらに増すだろう。つまり、光州事件は現在に至るまで終わることなくつづいている。そのような国家の暴力を生き延びた者たちは、このように描写される。

「黙々とご飯を咀嚼しながら彼女は思った。後ろ暗いところがある、食べるということには、と。なじんだ恥辱の中で彼女は亡くなった人たちのことを思った。あの人たちはもう永遠に空腹ではないのだ、生きていないのだから。でも彼女は生きていて空腹だった。この五年間、彼女を執拗に苦しめてきたことがまさにそれだった」(『少年が来る』)

「私は闘っています。日々一人で闘っています。生き残ったという、まだ生きているという恥辱と闘うのです。私が人間だという事実と闘うのです」(『少年が来る』)

生きることの暴力

私たちの生は何かを犠牲にし、殺戮し、死者たちを踏みつけることで成立している。生きることは暴力そのものだ。動物の肉を拒否する『菜食主義者』のヨンへは社会的な生の根底にある暴力を見抜き、異なる存在へ生まれ変わることを願う。「青い石」(『回復する人間』所収)で「私」は「勝って、勝たなくちゃ。それでこそ絵が描ける」という恩師の言葉をうまく飲み込むことができない。ハン・ガンはその暴力を詳らかにすることを恐れない。

「まだ死んでいないなんて恥ずかしくないのかと、毎年毎月、墓地や市場から声が湧きあがる国、無念な死がこれほど多い国で書く詩は、先に死んだ人たちの声になるしかないではないか」（キム・ヘスン『死の自叙伝』吉川凪訳、クオン）

詩人キム・ヘスンが語るように、この社会においては私たちもまた「生き残った側」なのだ。では、生き残ったものの義務とは何だろう。ハン・ガンはつねに問いかける。それはおそらく、死者のかすかな声に耳を傾けること。目を見開いて暴力を直視し、拒否し、忘れないこと。

『少年が来る』のエピローグで語り手は、亡くなった少年の兄にこう告げられる。「誰も私の弟をこれ以上冒涜できないように書いていただかなくてはなりません」。それこそが生き残った私たちが果たすべき約束であり、差し出せる唯一の誠実さであるに違いない。私たちは、ハン・ガンの描き出す物語を胸に刻んで進んでいかなくてはならない。

おすすめ作品

『少年が来る』

現代韓国文学最高峰の一冊。ハン・ガンの粘り強く綿密な取材に基づいて構成されたこの傑作を、とにかく読んでみてほしい。光州事件で人々がさらされた暴力やその魂の傷をアクロバティックな文学的技巧を駆使して真正面から描き切る切実さにただただ圧倒される。人は、人が尊厳もなく傷つけられる怒りや悔しさでどうしようもなく泣いてしまうのだと知る。

「私の女の実」

『菜食主義者』の原型となった短編小説。ほとんど他者と交流を持たずに暮らす夫婦間のできごとという意味で『菜食主義者』よりもずっとミニマルで射程の広くはない話になっているが、その中で女性の受ける社会的な抑圧や暴力、そして男性に課せられた轍をもダイレクトかつ繊細に描いてみせる見ごとな傑作。短いながらもSFやファンタジーとしても読める豊かさがつまっている。

『少年が来る（新しい韓国の文学）』（井手俊作訳、クオン）
「私の女の実」（頭木弘樹編『ひきこもり図書館　部屋から出られない人のための 12 の物語』所収、毎日新聞出版）

作家紹介

パク・ミンギュ――「もっと、もっと」に殺されないためのユーモア

倉本さおり

奇想天外。奇抜。シュール。

パク・ミンギュ作品を紹介する際に使われるおなじみの言葉だ。実際、第一回日本翻訳大賞を受賞し、その名を鮮烈に知らしめた作品集『カステラ』（ヒョン・ジェフン、斎藤真理子訳、クレイン）に収められた物語をのぞいてみると――二十世紀がまるごと家庭用冷蔵庫に格納されたり、ゲーム中毒の上司がタヌキになっちゃったり、空飛ぶスワンボートで中国まで出稼ぎにいったり。荒唐無稽でつかみどころのない、いわゆる人を食ったような展開の数々に真面目な人ほど困惑し、ともすればムッとすることさえあるかもしれない。だが、そういう人にこそ同書の最後に収録されている「朝の門」を読んでみてほしい。

暗闇のなかで目を覚まし、ずきずきする頭をひきずりながら、女の子たちの脚や頭をまたぎ、惰性でタバコを吸いに外に出る男。冒頭から都会的な退廃を絵に描いたような情景が続く。ところが、そうやって読者が鼻白んだ直後、部屋にころがる脚や頭が死体のそれであることがさらりと告げられる。入念に準備してきた集団自殺に失敗し、たったひとり生き残っ

て夜明け前の空の下に立たされている男——ありふれたモラトリアムに見えた景色は一変し、読者はそこが追い詰められた果ての絶望の突端であったことを痛切に思い知るのだ。

降りられない船に乗っている者たち

李箱文学賞を受賞した「朝の門」を含め、『カステラ』に登場する人たちのほとんどはワーキングプアに相当する。例えば「そうですか？　キリンです」の語り手は、満員電車に乗客を押し込む「プッシュマン」のバイトを始めた商業高校生の「僕」。祖母の薬代を捻出するためパートに勤しむ母と「すまんな」が口癖になった父のもと、数字だけを見て淡々と金を稼いできたが、べちゃっとつぶれた顔を窓に貼り付け、それでも毎朝電車に乗り込んでいく人びとの姿を目にするうちに耐えきれないストレスを感じるようになる。

「危ないですから、乗客の皆様は白線の内側までお下がりくださるべきだが、そんなことができるわけがない。乗客はみんな電車に乗らねばならないし、車内にはもうすき間がない。乗らなければ遅れる。身体にとっての白線の内側はここだが、生活における白線の内側は電車の中だ。」（「そうですか？　キリンです」）

パク・ミンギュが奇想のなかで一貫して描いてきたのは、資本主義のシステムのなかに否応なく組み込まれ、消耗しながら、それでも「降りられない」人たちの悲哀と真実の姿だ。

目の眩んだ社会に楔を打ち込む文体

デビュー作のひとつ『三美スーパースターズ 最後のファンクラブ』（斎藤真理子訳、晶文社）では、伝説に残るほど超弱小の地元プロ野球球団の思い出をモチーフに、競争社会に打ちのめされた人びとへの応援歌が綴られていく。韓国でベストセラーとなった長篇『亡き王女のためのパヴァーヌ』（吉原育子訳、クオン）では、他者から「不細工」と蔑まれ、痛々しいコンプレックスを抱き続けてきた「彼女」と「僕」とのせつないラブストーリーがひもとかれる。舞台はいずれも経済発展の熱に浮かされた八〇年代のソウル。例えばカネ、学歴、ルックス。より良い暮らしを実感するため、互いに物差しを当て合う社会のなかで、彼らは「敗者」にくくられてしまう存在だ。けれど、そんな彼らだからこそ、焼き切れそうな世界の歯車のスピードを緩めることができるのではないか――パク・ミンギュは、彼らの泣き笑いを渾身の力でユーモアに変えていく。ときに不器用に、あえて不格好に。

韓国では「パク・ミンギュ風」で知られる、独特の改行や読点を駆使した彼の文体は、もともと詩を専攻していたことに由来するのだという。あたかも整然と前に進むことを拒んでいくその語りは、上へ上へと手を伸ばすあまり、誰かの人生を平然と踏みつけにしてきた社会に楔を打ち込むためのものなのだ。

おすすめ作品

『ピンポン』

死んだほうがマシと言いたくなるほど苛烈ないじめに遭っている男子中学生二人が、なぜか世界の歴史が集約された卓球台に導かれ、人類の存続をめぐる重要な決断を迫られる――。相変わらずぶっとんだ設定だが、二人が卓球のラリーを通じて初めて対等なコミュニケーションを知る過程をはじめ、まっとうに生きようと試みる者たちへ向けた愛が詰まっている。擦り切れるほどに白熱する最終決戦のユーモラスな結末は数あるフィクションの中でも出色の出来であるのみならず、私たちの残酷な現実の写し絵でもある。

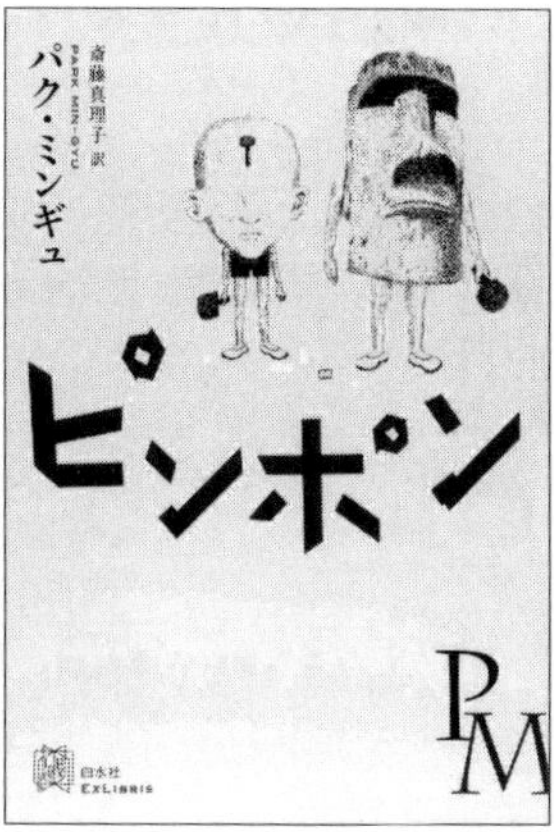

『ピンポン（エクス・リブリス）』（斎藤真理子訳、白水社）

作家紹介

チョン・セラン——ジャンル小説と文学の垣根を超えて現実を描く

黒あんず

深刻な文学の中にエンターテインメントを、エンターテインメントの軽快さの中に文学を落とし込む。チョン・セランはまるで凄腕の魔法使いのような作家だ。『保健室のアン・ウニョン先生』（斎藤真理子訳、亜紀書房、Netflixでドラマ化）では学校に潜む「悪しきもの」と戦うウニョンの生き方に純文学作品の存在の孤独さや複雑さの陰影を与え、『フィフティ・ピープル』（斎藤真理子訳、亜紀書房）や『屋上で会いましょう』（すんみ訳、亜紀書房）ではさまざまな人生の断片を切り取った物語の中に、明るさと軽やかさを吹き込んだ。その結果、チョン・セランは読みやすい語り口で思わぬ角度から世界の断面を示すことのできる、韓国現代文学作家の中でも稀有な作家となっている。

文芸誌の編集者からジャンル小説家へ

これにはおそらく、チョン・セランの来歴が関係しているだろう。チョン・セランは坡州出身、大学を出てからは文芸誌の編集者をしていたそうだ。その後小説を書き始めたはいいものの、純文学の文芸誌では落選が続く。それを拾い上げたのがSF文学雑誌である「ファンタスティック」誌だった。つまり、チョン・セランはながらく純文学の中心地で仕事をしながら、ジャンル小説家としてデビューしたのである。

彼女はジャンル小説と純文学の違いをこのように言う。

「ル・グィンが二〇一四年に全米図書賞を受賞したんです。そのときの演説がYouTubeに掲載されていてとても印象的でした。ジャンル小説家として初の受賞だそうです。その演説でル・グィンが『ジャンルアーティストたちはより大きな現実を描くリアリスト』という表現を使っており、その言葉に感心しました。実際には現実について書いているが、それを壮大な比喩として使うために、そうではないように見えるというわけです[1]」

同時代性が共感を生む

つまり、ジャンル小説も純文学も、同じように私たちの生きる現実を描いているのには変わりはないということだ。この同時代性こそが、最も私たちを魅了してやまないチョン・セラン作品のポイントだろう。同時代性は共感を呼び、共感は連帯をうながす。私たちは違っていて、でもけっして一人じゃないと思えること。

1：http://www.munjang.or.kr　韓国文化芸術学院が運営する文学サイト〈文章〉掲載のインタヴュー。

それは純文学として高い評価を得た『アンダー、サンダー、テンダー』（吉川凪訳、クオン）に始まり、最新作『シソンから』（未邦訳）まで一貫している。閉塞した青春時代を回想した『アンダー、サンダー、テンダー』は、軍事境界線のある坡州という土地の独自性に根ざしながらも普遍的な青春文学であり郊外文学となっている傑作だ。郊外の病院を舞台に五十余名の人生の一瞬をフレームに収めた『フィフティ・ピープル』もまた日本国内で高評価に迎えられ、「この人物が気になる」「この人私みたい」と読者がさまざまな登場人物に共感を寄せていたことが記憶に新しい。

このようなチョン・セランの姿勢は、韓国では「共同体性」「開かれたつながり」といったワードでも論じられているようだ（『屋上で会いましょう』訳者あとがき）。作家がネットワークを開くこと。読者に語りかけ、呼びかけられた者同士がゆるやかに連帯すること。

それもまたチョン・セランの魔法の一つであるような気がしてくる。

厳しい現実を生きる力強い女性像

そして邦訳最新作『屋上で会いましょう』（すんみ訳、亜紀書房）は、女性が生きる困難と希望を描いてチョン・セラン入門としてもおすすめできるバラエティに富んだ一冊になっている。ふっと足を踏み外すような現実のリアルさとそれをサバイブする女性たちの力強さに、思わず笑顔になってしまうこと間違いなし。

その源流は彼女がフェミニストの立場から自分の半生を語った名エッセイ「私たちが石膏人形に生まれたとしても」（『韓国フェミニズムと私たち』所収、タバブックス）に見ることができるだろう。そちらもあわせて一読されたい。

おすすめ作品

『屋上で会いましょう』

チョン・セランの入門作として太鼓判を押したいバラエティ豊かな短編集。最初の一編から最後の一編まで余すところなく面白く、どれもハッとするリアルさやユーモアに満ちあふれていてチョン・セランの作家としての力量が堪能できる。一貫してストレートなフェミニズムへの力強い信頼を感じることのできる一冊でもある。

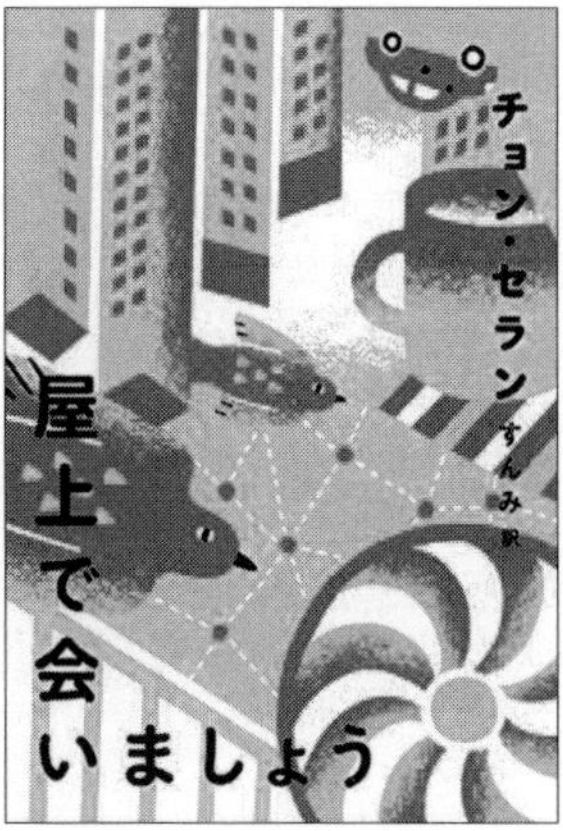

『屋上で会いましょう』（すんみ訳、亜紀書房）

作家紹介

イ・ギホ――ユーモアにひそむ〈罪〉と〈恥〉の感覚

黒あんず

イ・ギホの短編集『おろおろしているうちに　こうなるだろうと思ってた』（二〇〇六、未邦訳）の中の一編である「原州通信」（清水知佐子訳、クオン）を読んだときに思ったことは、こうだ。

ずるい。同級生が近所に高級クラブ（しかもその屋号が……）を開いたと聞いて、無職独身実家暮らしの男がのそのそと遊びに行く。それだけの話なのに、どうしてこうもトボけた情けなさとチャーミングさがあるのだろうか。ずるい。そう思ったのだった。げらげら笑いながら。

ところが二冊目の邦訳である『誰にでも親切な教会のお兄さんカン・ミノ』（斎藤真理子訳、亜紀書房）を読んで、印象が変わった。トボけたユーモアはそのままに、その核にはゴリッとした違和感……「倫理への感覚」とでも言うべきものがあったからだ。「面白いな、でもこの居心地の悪さは何だろう？」と思いながら読みつづけて、ふっとこれは〈人の足を踏んでいたことに気づく物語、踏まれた人はいなくてもその自明性を疑う物語〉だと気づいて思わず体温が下がった。

二一世紀の新しいナラティヴ

巨大な群れの中で生きてきたちっぽけな自分が、誰かを踏みにじってきたのではないか？誰かを轢いていたのではないか？　声を無視してきたのではないか？　少数者としてではなく、大多数の中で何の疑問も持たずに暮らしてきた人間が自分の加害性やアドバンテージに気づき、〈罪〉や〈恥〉の感覚を覚えること。イ・ギホはつねにその自明性を問いかける作家だ。もし男性側からフェミニズム小説というものが生まれるのなら、二一世紀はこういう形からなのかもしれないとすら思う。新しいナラティヴの流れがイ・ギホにはある。

二〇二〇年に刊行された最も新しいイ・ギホの三冊目の邦訳『舎弟たちの世界史』（小西直子訳、新泉社）はそのナラティヴの巧みさを駆使した恐ろしい作品である。舞台は一九八〇年代の軍事独裁政権下、一人のタクシー運転手がふとした勘違いから権力に蹂躙されていく。軽い気持ちで読み始めたのに、途中からどうやらブレーキのきかない車に乗っていたと気づくような恐怖を覚えた。イ・ギホのもつユーモラスな語りが上滑りしていく現実の過酷さ。暴力の残忍さ。無念さ。なるほどこれは、誰にも記憶されず、つねに権力の顔色をうかがって生きざるをえなかった大勢の「舎弟」たち、「私たち」の話なのだろう。

語りの向こうにあるもの

イ・ギホは「AXT」のインタヴュー（日本では『韓国の小説家たち』という名前で刊行された）で自作についてこのように話している。

「僕が書いたのはアイロニーに関する物語だと思っています。何の罪もないのに苦痛を受け、その苦痛を理解するためにありもしない罪を作りあげ、探し出す。そうやって初めて、僕たちはその苦痛を何とか耐え抜くことができるんです」（『韓国の小説家たちⅠ』クオン）

とすれば、イ・ギホ作品の語りの向こうにあるものは、世界と自分との解釈なのかもしれない。語り手の〈罪〉や〈恥〉の感覚とは、「原州通信」に現れる幻の朴景利先生のように、自分を見つめる他者の目の幻想によってつくり出されるものだろう。自分の〈罪〉や〈恥〉に対峙することは、自分自身を定義することでもある。それをユーモラスでゾッとする語りに落とし込むイ・ギホの手腕は見ごととしか言いようがない。

ちなみに彼のデビュー作『チェ・スンドク聖霊充満記』（二〇〇四、未邦訳）は、ラップ、聖書、警察の調書、就職活動の履歴書などさまざまな文体を用いた短編集だという。そちらもぜひ邦訳されてほしい。

おすすめ作品

『誰にでも親切な教会のお兄さんカン・ミノ』

どの話もイ・ギホにしか書きえない傑作短編集。各作品のタイトルすべてに人名が入っているが、表題作「誰にでも親切な教会のお兄さんカン・ミノ」をはじめ読み終わったあとにそのタイトルに含まれている意味を吟味するとハッとする。最後の「あとがき」まできっちり読んで、イ・ギホの語りのトボけた面白さと恐ろしさを堪能してほしい。

『誰にでも親切な教会のお兄さんカン・ミノ』（斎藤真理子訳、亜紀書房）

作家紹介

ファン・ジョンウン——打ち捨てられたものたちのゆくえ

黒あんず

「この世界を、自分自身を愛することができない、という落胆」

ロラン・バルトの講義集成の中にしばしば登場するacedie（虚脱状態）という概念を、韓国の作家が解説した言葉である。ファン・ジョンウン自身も言及しているように、これは彼女の作品世界に通底する言葉だろう。ファン・ジョンウンは、世界を、社会で起きたできごとを、まっすぐな視線で細心の注意を払いながら受け止める作家だ。

「いま起きていること、私が目撃している世界で受けるショックというものがあり、それがものすごくダイレクトに私にぶつかってくるから、反応しないわけにはいかない。それについてずっと考え、問いつづけているから、書くものもそうなるしかない」（『韓国の小説家たちⅠ』クオン）

大きく価値観が揺るがされる韓国社会

龍山事件、セウォル号事件、江南駅殺人事件。二一世紀の韓国社会は権力構造が生み出すさまざまな事件によって、これまでの価値観や人間の尊厳について大きく揺さぶりをかけられた。それは社会を構成する人々への問いかけであり、その答えのひとつとしてファン・ジョンウンの小説が存在していると言っても過言ではない。

『野蛮なアリスさん』（斎藤真理子訳、河出書房新社）では街をさまよう異性装のホームレスと高騰する地価問題が複雑に絡み合い、『続けてみます』（オ・ヨンア訳、晶文社）、『誰でもない』（斎藤真理子訳、晶文社）では、半地下で半ば親に捨てられながら暮らす子供、近所の騒音に悩む女性やデパート店員、非正規労働者など、都市に生きる人間たちの寄る辺のなさや苦しみが乾いた筆致で綴られている。

「取るに足りなさ」との闘い

しかしなんと言っても、『ディディの傘』（斎藤真理子訳、亜紀書房）はファン・ジョンウン作品を語るうえでは外せない傑作だ。二〇一九年〈小説家50人が選ぶ〝今年の小説〟〉第一位に選出され、5・18文学賞、第三十四回萬海文学賞を受賞した。私もこの作品を読んで、彼女の作品への評価がまったく変わってしまった人間のひとりである。

「d」「何も言うことがない」の中編二編からなるこの本は、それぞれセウォル号事件とそれにつづくキャンドル集会や延世大学事件を背景にしている。とりわけ「d」の語りの中心になる人物は、突然恋人を失い、世界に対する「落胆」から死んだように生きる人間だ。世界からこぼれ落ちた、誰にも注視されない、取るに足りない人間。世間から「見えなく」されたものたち。彼は何度も分断されながら、最後に「取るに足りなさ」と闘っている人々を目撃する。それは冒頭にある「生あたたかいぬくみ」ではなく、「とても熱い」。「それはとても熱いのだから、気をつけろ」と言われるほどに。

　これらファン・ジョンウンの語りは、断片的で、重層的で、豊かな詩情にあふれている。複雑な語りの中にある深い喪失と断絶は、まっすぐにこちらに向かってくる。何度も何度も、私たちを突き刺すように。

　その言葉の鋭さはセウォル号事件のエッセイ「かろうじて、人間」（『目の眩んだ者たちの国家』所収、新泉社）でも見ることができる。彼女は言う。「セウォルは、もう後戻りできないところまで私を大人にしてしまった。私もその世界から足を抜けないと自覚するようになった。大人たちに向かって、あなたたちはどうして世界をこのようにしてしまったのですか、と訊く立場にはもう立てなくなったのだ」と。もしそうであるならば、ファン・ジョンウンにとって、「大人」として社会に責任を持つこと、問題に立ち向かうことこそが、小説を

「書く」意味なのだろう。

ファン・ジョンウンは「取るに足りない」もの、透明化されたものたちを、乾いた力強さで再び物語空間へ可視化する。うち捨てられたものたちは、いったいどこへ行くのだろう。そのゆくえを、ファン・ジョンウンだけが知っているような気がしてならない。

おすすめ作品

『ディディの傘』

ファン・ジョンウン作品を語るうえで外せない傑作。二人の語り手「d」と「私」がそれぞれセウォル号事件の犠牲者追悼とキャンドル集会という二つの市民運動のうねりの中心を通過していく中編二編からなる作品集。社会で起きたできごとを真摯に見つめるファン・ジョンウンの作家としての姿勢が最も力強く美しい形で現れている。

『ディディの傘（となりの国のものがたり 6)』（斎藤真理子訳、亜紀書房）

作家紹介

チェ・ウニョン——市井に生きるひそやかな声

黒あんず

語られなかった物語には、どんなものがあるだろう。たとえば異邦人の物語、少数者の物語、落伍者の物語。いずれも市井に生きながら「取るに足りない者」として扱われてきた人々の、ささやくような声の物語に違いない。

チェ・ウニョンのデビュー作『ショウコの微笑』（吉川凪監修、牧野美加・横本麻矢・小林由紀訳、クオン）もまた、語られなかった女たちのひそやかな声の物語である。ショウコは「日本文化が韓国で電撃的に解放された年」である一九八九年に「私」（ソユ）の家に滞在した同い年の日本人だ。彼女は「私」の家族を活気づかせ、「私」の人生を変え、一方で自身の暗い秘密を共有した。以来、「私」はショウコの影を人生の後に先に見出し、愛情とも憎しみともつかぬ執着を持ち続ける。

「私」がショウコに特別な感情を持っているのは明白だ。「私はショウコの腕に自分の腕を絡ませた。ショウコは立ち止まり、こわばった表情で私をじっと見つめ、堅苦しい英語でこう言った。『私、異性愛者だから、あなたに性的な関心はない』」。「私」はこうも語る。「世の中には、友情のような恋愛もあり、恋愛のような友情もある」と。チェ・ウニョンはそのような女性同士の友情とも恋情とも憎しみともつかない心の機微を、見ごとにすくいとってみせる。

フェミニズムを支持する新しい世代

もう一冊の邦訳作品である『わたしに無害なひと』（古川綾子訳、亜紀書房）でもそのような関係性の描写は健在だ。高校時代に出会い、それぞれ労働者と学生へと変わっていく一組のレズビアンカップルを描いた「あの夏」もまた、偶然にも出会ってしまった人と人が過ごす時間のかけがえのないきらめきと苦さを描き出した傑作といえるだろう。女性が女性に出会ってしまう力強さと切実さが最高密度で描かれている。

これらの描写はどのように生まれてくるのだろう？　チェ・ウニョンは大学在学時から学内のフェミニズム雑誌の製作に携わっていたという。「日本と韓国の共通点は、どちらも極めて家父長的だということです。深刻な家父長制のなかで、女性たちを道具化してきた。法律はもちろん、日常の一つひとつにおいても、ほかの国では見当たらないほど細かくて、そして固い家父長制がある。同じ人間なのに、人間として扱ってくれない。そうした経験から、フェミニズム小説を書くようになるし、それを読む人もおおいに共感を覚えるのでしょう」[1]と、さまざまな媒体ではっきりとフェミニズムを支持する姿勢を打ち出している。現代の韓国社会ではたびたび各世代の価値観の格差が課題として指摘されることが多いが、「私の世代ではフェミニズムを支持したら『進歩』で、そうでなければ『保守』だと思っています」（同前）と断言する姿も新鮮だ。チェ・ウニョンはそのような新しい世代から出てきた作家の一人なのである。

私たちは連帯したい

そして私自身もチェ・ウニョン作品の読書会に参加した際、「この本に描かれていることは私の人生にもあった。その傷を思い出して胸がいっぱいになってしまう」という感想を多く聞いた。そう、だからこれは何も特別なことではないのだ。化石のように繊細に掘り起こされた「私たち」の普遍的な記憶なのである。それは今まで男性間や異性間のものとして語られてきたものの、女性同士のものとしてはまったく黙殺され語られてこなかった物語なのだ。

ショウコとソユが長い人生において惹かれながらも愛し合うことができないように、現実

1：「STUDIO VOICE」二〇一九年九月号

の「私たち」もまたさまざまな出来事によってすれ違い、関係を阻害されてしまう。その連帯への分断はチェ・ウニョンの描き出すどの作品にも共通しているものだ。

私たちは連帯したい。あなたを愛していると言いたい。その孤独と官能と混乱が、チェ・ウニョン作品には誠実に鮮烈に描かれている。だから私たちは彼女の作品を読むたびに、自分の中にある何かを掘り起こされ、揺さぶられ、その失われたものに涙するのだろう。

おすすめ作品

『ショウコの微笑』

高校生のソユは日本からの留学生「ショウコ」と出会い、憧れと嫉妬心を抱く。しかし帰国後の手紙、そして再会した姿からはまったく異なるショウコ像が立ち上がってきて……。女性同士の感情の交感を繊細に豊かに描きだしたチェ・ウニョンの鮮烈なデビュー短編集。どの小説も女性同士のすれ違いや分断を描いて切なさをかきたてる。

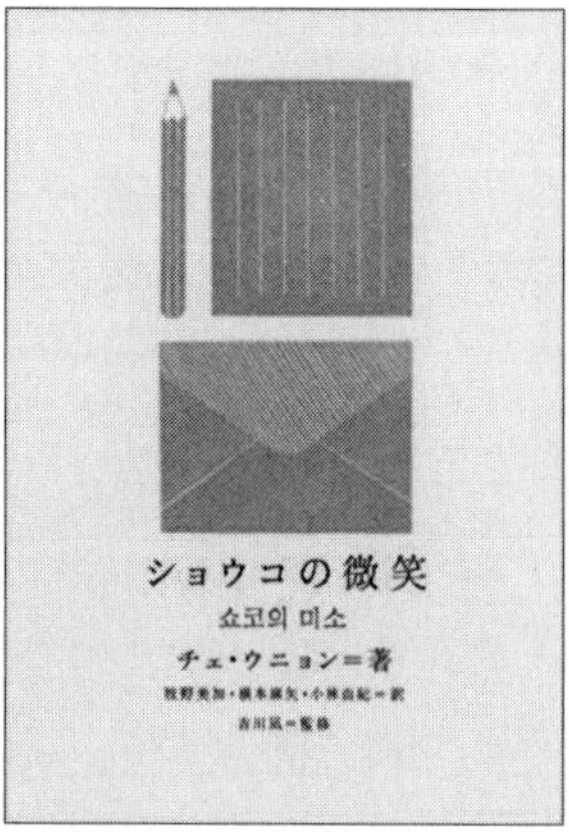

『ショウコの微笑（新しい韓国の文学）』（吉川凪監修、牧野美加・横本麻矢・小林由紀訳、クオン）

作家紹介

ペク・スリン——闇の中で出会う人

柴崎友香

ペク・スリン『惨憺たる光』は、十の短編のうち九編が、外国を舞台にしていたり、登場人物が外国にいる経験をしていたりするストーリーだ。

イギリスで出会ったカップルの破綻を思う留学生、存在を知ったばかりのオランダ人のいとこと街を巡る女性、外国から招待された女性映画監督を取材する映画会社の男性、ヴェネチアで違法の宿を経営する韓国人カップルなど、異国の地で、あるいは遠くから来た人と、普段使い慣れたのとは違うコミュニケーションを持つ。

これほど多様な場所と人が登場する短編集はなかなかない。寄る辺なく、不安を抱え、あるいは隠しながら暮らす人。そしてやはり孤独な誰かと出会い、ほんの短い時間を分かち合う。場所の移動とともに、時間の経過や記憶の反復があり、その揺らぎの中で彼らは、そこにいた人の、自分自身の心の奥底にあるものを見る。

どの短編にも共通しているのは、彼らはすでに、なにかを失った経験をしていることだ。そのことで、人生のある部分が決定的に損なわれてしまっている。

端正で静かな文章を読んでいくと、幾層にもなった暗がりの底にあるその傷がだんだんと現れてくる。

「惨憺たる光」というタイトルが示すように、ペク・スリンの小説に特徴的なのは、濃い闇とそこに少しだけ差す光のような描き方だ。各話のタイトルに添えられた短い文章にも、闇と光を対比する言葉がある。もっとも印象に残るのは、「夏の正午」に書かれた「私はその明かりが怖くてぎゅっと目を閉じた。そのころ、闇より怖いのは光だったから」。

彼女の書く世界の中では、闇が否定されて取り除かれるもので光が希望、というわけではない。

二〇一九年に下北沢の本屋B&Bで行ったトークイベントで、彼女は、傷ついたりなにかを失ったりした人に対して早い回復を求めるのは暴力的なことではないか、ということを話していた。

前向きに、早く回復させようとすることは、周囲の人は励ましのつもりであっても、その人にとってはさらなる圧力や暴力になりうる。光を見ることがどうしても耐えがたい時期もあるし、闇と共に生きることが安らぎになることもあるのではないかと、けっして安易な回復が描かれはしないこの短編集を読んでいると思う。

そして、彼らの経験、過去には、歴史的な経緯や大きな事故、事件などが関わってもいる。個人はその意志だけでは人生を選ぶことはできない。社会的な状況の中で直接的、間接的に受けるその影響が、小説でしか表せない描き方で示されている。

時代の傷を見つめる静謐な視線

韓国は、独裁体制からの転換、経済危機、そこからの回復と行き過ぎた競争社会、と大きな変化を体験し、それは韓国文学の中で様々に描かれてきた。特に二〇一四年のセウォル号の事故は韓国の人たちにそれまでにないほどの衝撃と深い悲しみとなった。『惨憺たる光』にその事故が直接出てはこないが、人々の癒やしようのない悲しみや傷の感覚は、その影響があるように思う。

最後の一編「国境の夜」は、ヨーロッパで転々とするカップルの、母の胎内に十四年間もいる子供の視点で時代の変化を語るユーモラスな作品で、これからまだまだ作品世界が広がっていきそうだと期待が膨らむ。

ペク・スリンさんは、地方の大学で教えていて、週の半分は授業、もう半分は小説の執筆にあて、長期休暇の期間にも集中して小説を書くと話していた。落ち着いたその生活から、静謐に闇を見つめる文章が生み出されるのが、とても想像できた。

おすすめ作品

『惨憺たる光』

著者二冊目の短編集。他者や孤独と向き合う内省的な人物たちを繊細に描いた十編を収録。ほかに邦訳には短編「静かな事件」（李聖和訳、クオン）がある。

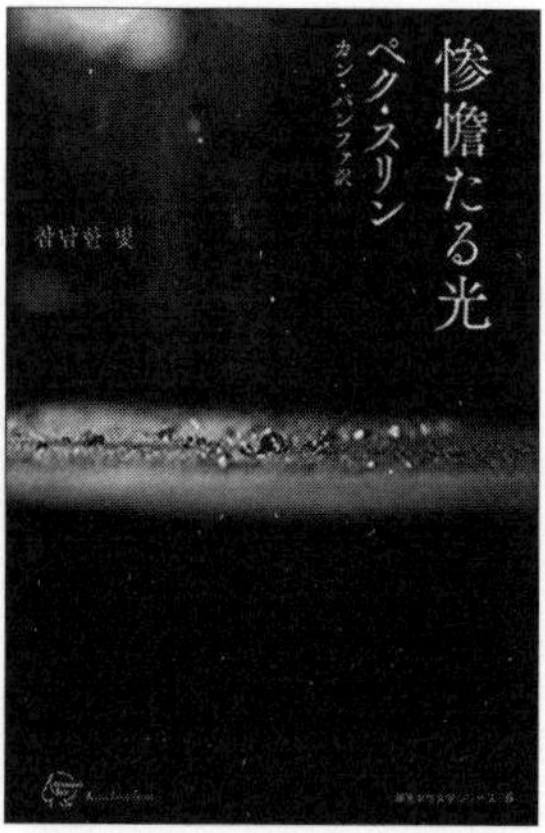

『惨憺たる光（韓国女性文学シリーズ6）』（カン・バンファ訳、書肆侃侃房）

作家紹介

キム・エラン——無数の時間の檻のなかで

倉本さおり

人は自分だけの砂時計を持っている。砂が落ちるタイミングはむろん一様ではない。失い、悲嘆にくれ、顔をあげ、再び歩き出す——そのプロセスがたとえ同じであったとしても、体のなかに流れる砂の速度が違うことに気づいたとたん、その瞬間、透明なガラスに阻まれ、互いの哀しみに直接触れる機会から閉め出されてしまう。

キム・エランという作家は、そうやって閉め出され、あるいは閉じ込められた人びとの心の機微を驚くほど精密に写し取っていく。ひとつの作品のなかで、いくつもの時間の存在を複層的に感じさせることのできる稀有な書き手だ。

「喪失」の外側に生まれる感情の結露

韓国で二〇一七年に刊行された『外は夏』（古川綾子訳、亜紀書房）は、彼女の本領と技術の粋を詰めこんだような短篇集だといえる。例えば「立冬」という一篇では、序盤から妻と母のディスコミュニケーションが目も当てられない形で炸裂する。語り手は一念発起してマンションを購入した男。終の棲家として妻が整えていく空間に穏やかな満足感を感じていたある日、幼い息子が通園バスの事故で夭折してしまう。荒んでいく夫婦の生活を見かね、実家の母親があれこれと手を焼きにくるが、妻のまなざしは虚ろなまま。ところが自分が入念に誂えたキッチンの壁紙を派手に汚された瞬間、鋭く感情を爆発させる。

　停滞した家の中を片付けることは、母にとっては回復に向かうための営みだが、妻にとっては思い出の痕跡を損なわれる行為でもある。この一件をきっかけに、夫婦の時間が再び動き出すものの、そのスピードはぴったりとは重ならない。むしろ男は、妻の喪失に自らの手が届かないことをいやというほど思い知る。だが、けっきょくはその事実に気づくことでしか、理解というものはなしえない。

「携帯電話の中の訃報を思い出しながら、ふとスノードームの中の冬を思った。球形のガラスの中では白い雪が舞い散っているのに、その外は一面の夏であろう誰かの時差を想像した。」（「風景の使い道」）

「父」に捨てられた者。「子ども」を見失った者。「夫」に先立たれた者。本書のなかでキム・エランは実にさまざまな形で「喪失」を濃やかに描くが、直接的に浮かび上がるのは失われたものの中身ではない。あくまで彼女の言葉が象っていくのは、「　」の外側にある情景との時差や、そこから生まれる温度差のありようのほうなのだ。

言葉の外側の広さを想像すること

二〇〇二年、二十二歳で大山大学文学賞を受賞し、わずか十年で韓国の名だたる文学賞を総なめにしたキム・エランは、軽やかでウィットに富んだ文体と共に、「特定の世代の風俗をリアルに描く作家」と目されてきた。例えば、最初の短篇集『走れ、オヤジ殿』（古川綾子訳、晶文社）には、あるべき父親像から外れてしまった中年男性たちや、大学を出たものの母親の屋台でトッポッキを売る若者、単身女性ばかりが入居する借家などが登場する。人びとの生活に影を落としているのは一九九七年のアジア通貨危機だ。一方、デビュー十年目に発表された初の長篇『どきどき僕の人生』（きむふな訳、クオン）の語り手は、早老症を患っている少年・アルム。当初は「あまりにも小説的な設定」を憂慮する声もあったようだが、実際の物語に触れれば、そこに彼女の言葉の本質があることにすぐに気がつくだろう。

人の何倍ものスピードで老化してしまうアルムの体は、十七歳にして日に日に痩せ、あたかも海風に長く干した魚のように「内側へ内側へと小さく」なっている。だが、そのぶん凝縮された彼の人生の時間は、彼の言葉の届く範囲をとほうもなく豊かに拡げ、失われたはずの両親の青春に息を吹き込むのだ。

「もう僕も、生きていくうえで必要な言葉のほとんどを知っている。重要なのは、その言葉が自らの体積を削りながら生み出した、言葉の外側の広さを想像することだろう。」（『どきどき僕の人生』）

言葉の外側の広さ——その残酷なうつくしさに慄きながら、それでも世界に名前をつけようとする試みが、キム・エランにとっての「小説」なのだろう。

おすすめ作品

『外は夏』

収められた物語はいずれも「喪失」をモチーフにしている。背景にあるのは二〇一四年に起きた「セウォル号沈没事故」だ。三百を超える命が不条理に失われた痛ましい出来事——あえてその名前には触れず、何かが失われることで囲われた時間を淡々と縁どっていく手つきに、作家としての態度が光る。

『外は夏』（古川綾子訳、亜紀書房）

作家紹介

ピョン・ヘヨン――恐怖と不安に満ちた〈不快の美学〉

黒あんず

「ピョン・ヘヨンの小説を読んでいて、作家と作品から二つのイメージが思い浮かんだ。一つは『解剖学者』である。肉体の解剖ではなく、人間の感情や心理を解剖する。……もう一つは『ドライフラワー』である。最初は普通の花だと思ったが、近づいてみたら、きれいに乾燥したドライフラワーだ」（『韓国の小説家たちⅠ』クオン）

作家のチョン・ユンジョンはピョン・ヘヨン作品をこう評しているが、私自身も近い感覚を覚える。ピョン・ヘヨン作品を覆うのは、不吉さ、グロテスクさ、そして死であり抑圧の不条理さだ。

解剖学者とドライフラワー

それを象徴するのが、彼女の初短編集である『アオイガーデン』（きむふな訳、クオン）だろう。このＳＦのようでもあり、不条理小説のようでも幻想小説でもあるような作品では、積み重なった汚物、病んだ身体、得体の知れない怪物たち、動物の内臓……と思わず目を背けてしまいそうな人間の生理が、簡潔な文体でこれでもかと鮮明に描写されている。まるで解剖を見ているようであり、近づいて初めて「死体」だと気づくドライフラワーのようでもある。初めてピョン・ヘヨン作品を読んだときには、こんな韓国文学があるのかと衝撃を受けたものだった。

つづく『飼育場の方へ』（日本では『アオイガーデン』に四篇を併録）ではこのようなグロテスクな描写はぐっと少なくなる。しかし登場人物たちの何気ない日常や車で走っている道路のすぐ下には、まるで『アオイガーデン』のあの汚物や病理が埋れているのではないか、それが表皮がめくれるようにある瞬間突然現れるのではないか……という恐怖や不安に満ち満ちている。

それは短編集『モンスーン』（姜信子訳、白水社）でも明らかだ。きれいにパッケージングされた缶詰の中、あるいは小綺麗にコンクリートで塗り固められた住宅地の下に、ピョン・ヘヨンはどろりと脈打つ生物の血肉を想像させる。それは皮一枚隔てて私たちの日常生活で隠されている、死であると同時に生だろう。それらがふっと浮上してくる瞬間を、ピョン・ヘヨンはすばやく捕らえて示すのだ。そんなもの、見たくないにもかかわらず。

日常の外側にひろがる濃密な生

彼女のこのような創作意識はどこから来ているのだろう？　彼女は李箱文学賞受賞エッセイ「他人の生」で次のように書いている。「生とはありふれたものだと思い込んでいる想像力こそが生を単純なものにするということ」（『僕は李箱から文学を学んだ』所収）。これは、高校生のころ体験した国勢調査のアルバイトから導き出した一つの結論だという。ピョン・ヘヨンは「私のうちに小説というものが発生した最初の地点」はその体験だと告白している。

「この世には驚くほどに多くの人々が、大きかったり小さかったりする家で、多かったり少なかったりする家族とともに、あらゆる種類の家電製品を持っていたり持てずにいたり、車を持っていたり持たずにいたりしながら、トイレが一家族に一つだろうと五家族に一つだろうと、そんなことには関わりなく、それぞれの人生を生きている。おそらくそれぞれに異なる生き方で。けっして一つに単純化されない生として。ほんのいくつかの情報では理解しようのない内面を抱えて。つまりは、私がそのありのままを到底知りようのない形で」（同前）。

人の生は数値化することはできない。繰り返す日常の外側、ありふれた意識の外側にこそ濃密な生がひろがっている。

最新長編『ホール』（カン・バンファ訳、書肆侃侃房）は、記憶と意識の「穴」——まさにその外側にある生の余白を想像させることで、信頼できない「語り」を逆説的に読み解いていくミステリーだ。交通事故に遭い記憶を取り戻していく過程でオギが何を語り何を語らなかったのか、何を疎外しているのかを考えると、一つの解釈が見えてくるだろう。この作品は海外でも高く評価され、韓国初のシャーリィ・ジャクスン賞を受賞した。ピョン・ヘヨンのこれからの可能性に期待しつづけたい。

おすすめ作品

『アオイガーデン』

「不快の美学」とも評されるピョン・ヘヨンの世界を堪能できる短編集。清潔で安全な日常の皮膜の下に覆い隠された生々しさや不気味さをさらけ出してみせる手腕は、良くも悪くも読み手に強烈な印象を残す。ひと味違う韓国文学を求めている日にぜひ。

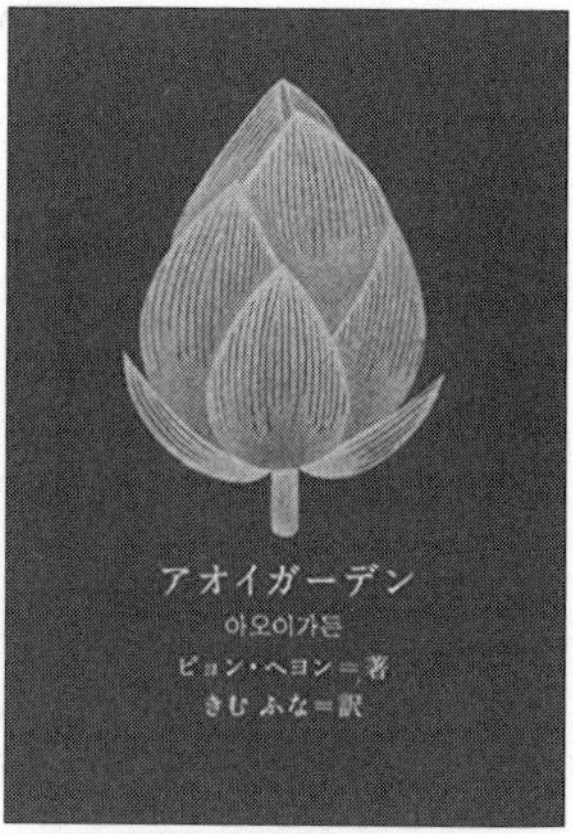

『アオイガーデン（新しい韓国の文学シリーズ）』（きむふな訳、クオン）

作家紹介

キム・ヘジン――淡々と描かれる社会の暴力

黒あんず

キム・ヘジンは個人なら誰でも経験する社会の暴力を、黙々と紙に刻み込む作家である。あるいは個人のひそやかな経験を通して、社会の暴力性を淡々と目の前にひろげてみせる作家である。

現代韓国文学刊行ラッシュの一つのピークだった二〇一九年の一月に、『娘について』（古川綾子訳、亜紀書房）を読んだときのことは忘れられない。介護施設で働く初老の母親の元に、レズビアンの娘とそのパートナーが転がり込んでくる。自分の娘でありながら同性愛者であり非常勤講師としていつでもデモに出かけていく娘のことを、彼女は最後まで理解することができない。共感も連帯もできない。

老いと若さ、異性愛と同性愛、抑圧と自由、排除と共感……それぞれに宿る相対する感情のレイヤーを重ねて多声性を保ったこの作品は、韓国クィア文学の一つの金字塔といえるだろう。社会に分断されている人間ならば、きっとその声のどれをも自分のもののように感じることができるはずだ。キム・ヘジンの語る物語は個人がずっと胸に抱え込んできた声なき声であると同時に、それを内包する社会構造そのものの暴力を綿密に描き出す物語なのだ。

個人の領域を社会の俎上に

それは鮮烈な長編デビュー作である『中央駅』（生田美保訳、彩流社）にも共通している。若い路上生活者たちの生活を精密に描いたこの小説は、彼らの微かで力強いささやき声を通して社会の暴力性を明らかにする。中央駅に着いた段階では誰もがまだどん底ではない。そこからさらに転がり落ちていく。ひたすら狭まっていく視野、汚臭、混沌。執着と諦め。

「この小説を書いている間、秘めやかで個人的な領域に属するものだと思っていたものごとが、実は必死に保たれているものなのだと感じた。すべての物語が内と外との境界で生まれ、それがある個人的な闘争の過程であるならば、もっと勇敢にならなければならないとも思った」（『中央駅』あとがき）

そう、キム・ヘジンはつねに「秘めやかで個人的な領域に属するもの」を大胆に取り出して社会の俎上に乗せてみせる作家なのだ。あるいは、それを通してその外側にひろがる社会を見せる作家であるといえよう。

格差のひろがる世界に生きる作家

デビュー後の四年間に発表された短編をまとめた『オビー』（カン・バンファ、ユン・ブンミ訳、書肆侃侃房）は、ほとんど『中央駅』に至る直前の若い労働者たちを描き出す。巨大な物流倉庫で孤独に働く者、チキンの配達人、露天商、コンビニアルバイト、再開発地域に派遣された強制撤去部隊。外国人労働者。彼らは生きるためにぎりぎりの状態で労働に従事し、社会の暴力によってやわらかい自尊心を削り取られていく。

キム・ヘジンは二十九歳で作家デビューしたが、大学卒業後はアルバイトを転々としていたそうだ。故郷の大邱で生活する母親は彼女をつねに心配し、『中央駅』で中央長編文学賞に輝いた際に「賞も取ったし本も出たんだから、もう就職したら？」と言ったという。そのような声が、彼女を執筆に向かわせるのかもしれない。

二一世紀の現在、新自由主義によって資本主義の進撃は留まるところを知らない。社会の経済的格差はひろがりつづけ、人々は分断されつづけている。私たちは自分たちが取るに足りない存在で、誰からも認められず、それは自分自身の努力が足りないせいだと絶えず思い込まされている。一見多様にひろがっているように見える狭い選択肢の中で、選ばざるを得なかった選択の責任を問われつづけている。そのような世界に生きる私たちにとって、キム・ヘジンの作品は今後ますます重要になってくるだろう。

おすすめ作品

『娘について』

介護施設で働く初老の母親の元に、レズビアンの娘とそのパートナーが転がり込んでくる……それをきっかけにして浮き彫りになる自らの差別意識や自分自身を縛りつけてきた社会規範の葛藤を描いた重々しくもキム・ヘジンらしい誠実さのある作品。老いと若さ、異性愛と同性愛、排除と共感のどちらの声も保った構造は、私たちの感情を激しく揺さぶってやまない。

『娘について（となりの国のものがたり 2）』（古川綾子訳、亜紀書房）

作家紹介

キム・ヨンス——わかり合えない世界と向き合う

長瀬海

私たちは果たしてわかり合えるのだろうか。キム・ヨンスは繰り返し彼の物語のなかで、人間同士の共通理解の（不）可能性とでもいうべき、世界で生きていく上で誰しもが必ず直面する問題を問うてきた。

二〇〇七年に黄順元文学賞を受賞した「月に行ったコメディアン」（『世界の果て、彼女』所収、呉永雅訳、クオン）。小説家の「僕」はある女性と、ラスベガスで悲運な死を遂げたボクサーについての会話がきっかけで愛し合うことになる。だが、二人の恋愛はアメリカで9・11のテロが起きると終わってしまう。「僕」の前から姿を消した彼女は、幼い頃に失踪したコメディアンの父を探しにアメリカに渡った。しばらく経って「僕」の手元に届いた彼女からの手紙には、「僕」の知らなかった彼女とその父親に関する物語が綴られていた。

キム・ヨンスの小説では、人物と人物の距離感が遠い。この作品でも「僕」と愛する女性の心の間には隔たりがある。なぜ別れることになったのか、彼女は何を追い求めていたのか。たとえそれが愛した女性であっても他人を理解することは困難であり、世界とは無数の個人の集合でしかない。こうしたキム・ヨンスの世界観は、彼が影響を受けたという村上春樹が標榜してきたデタッチメントにどこか通じる。人間や世界は簡単に理解できるもんじゃない。だからこそ、生きるという営みには愉しみが満ち溢れているのだ。あたかもキム・ヨンスはそう説いているようである。

小説家が歴史を書くこと

そんな小説家としての彼の信念は歴史を象る瞬間にいっそう深まる。人や世界を理解することの困難に対する思索は、書かれた歴史は真実を伝えられるのかというもう一つの主題にとって代わるのだ。夫を事故で喪った妹、そんな彼女に自殺を遂げられた姉、姉妹ふたりと関係を持ったネズミという男性、それぞれの孤独が綴られる「あれは鳥だったのかな、ネズミ」には、こんな一節がある。歴史学を学ぶネズミが、過去の真実を巡って述懐する場面だ。「僕は真実が知りたかった。歴史学は僕にとって真実に近づくための道具だった。ところが、歴史を学べば学ぶほど、嘘がばれるのではなくて、ばれたものが嘘になるということを知った。」

暴かれたものはフィクションとなり、真実から遠ざかる。歴史を探るということはそうした虚しい試みの連続だ。だからこそ、小説家は歴史を書くのである。ある老人が朝鮮戦争の記憶を掘り起こしながら、要所要所で「不能説、不能説」と零す、告白体の小説「不能説」もまさに歴史を物語ることの不可能性について綴ったものだ。「人間の歴史は人間の体に記録されるものだ」という語り手は、真実は書かれた歴史にはない、という確信を得ている。

歴史の闇に思いを巡らす

長編『夜は歌う』には彼の文学的思想が余すところなく注ぎ込まれている。かつて満洲で起きた民生団事件を題材にした本作は、同族同士が互いを敵ではないかと疑い、疑心暗鬼が蔓延した末、殺し合いに発展した残酷な事件の裏に何が潜んでいたのかを探る。革命に取り憑かれた若者たちの狂乱状態と恋愛模様を描きながら、彼らが命を奪い合わなければならなかったわけを、韓国の小説家として、キム・ヨンスは初めて物語にした。歴史の闇を光の当たる場所に引き摺り出そうとする作者は、しかし、それがある種の欺瞞であることも分かっている。自分が何者かなんて誰もわからない、ただし、「死体だけは自分が何者なのかを言うことができる」と言う語り手は、真実を暴くことを目的としていない。あの時、あの場所で何があったのかを思い巡らすこと。理解するのではなく、想像することが、文学者に許された歴史とのほとんど唯一の向き合い方なのだということが彼の小説からは窺い知れるのだ。

韓国の文壇を代表するこの小説家の作品はまだまだ未訳のものが多い。代表作とされる『グッバイ、李箱』（未邦訳）や二〇〇九年に李箱文学賞を受賞した「散歩する人々の五つの楽しみ」が私たちに届けられる日が来るのが、今から待ち遠しい。歴史への疑いの眼差し、人間同士のわかりあえなさに対する確信はそこではどのように変奏されているのだろうか。

おすすめ作品

「世界の果て、彼女」

キム・ヨンスの小説の特徴の一つに、詩を作中で有機的に使う、というものがある。一つの詩それじたいに物語が宿り、やがてそれが拡張していくのだ。この作品でも、図書館の掲示板に貼ってあった一篇の詩に惹かれた主人公が、書かれている言葉を頼りに、見知らぬ詩人の足跡を辿る。読者を無関係なはずの他者の生へと誘う詩の力に作者は至上の価値を置いているのだ。

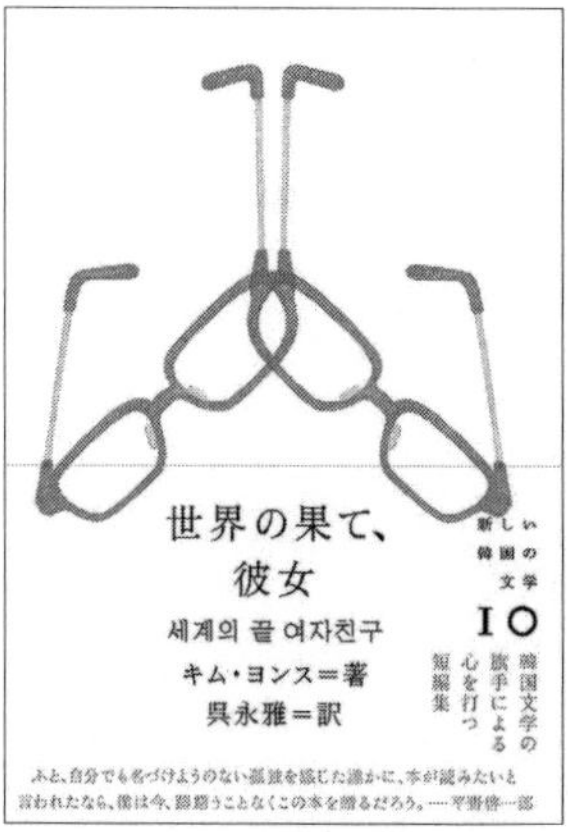

『世界の果て、彼女』所収（呉永雅訳、クオン）

オ・ジョンヒ――美しい言葉で描かれる濃密な時間

伊藤幸太

詩的な文体と緻密な描写力。やわらかな筆致は、読み手の心にやさしく語りかけてくる。しかし、それゆえだろうか。そこに書かれたことばはときに唐突に激しい揺さぶりをかけてくる。オ・ジョンヒの描く世界は、ときにファンタジックで、郷愁を誘うようなところもある。しかしながら、寄り添うように描かれた人物を深く読めば、著者の視線はつねに弱い立場にある者へと注がれていることに気づく。同時代の歴史と社会を冷静に見据えつつ、美しい言葉で描かれる物語には濃密な時間が流れている。

一九四七年生まれのオ・ジョンヒは七九年に「夜のゲーム」で李箱文学賞、八二年に「銅鏡」で東仁文学賞を受賞するなど、韓国文学界を代表する作家のひとりだ。九五年に季刊誌「東西文学」に発表、翌年に文学と知性社から刊行された『鳥』（文茶影訳、段々社）は二〇〇三年にドイツのリベラトゥル賞を受賞している。

〈失郷民〉の来歴

「夜のゲーム」などを翻訳した波田野節子氏によれば、作家の両親は北朝鮮の海州《ヘジュ》から三八度線を超えて南に逃げてきたいわゆる〈失郷民〉で、一家は南での生活を続けていくために苦労があったという。作家が生まれた一九四七年は、南北に政権が成立する分断体制が確立した年でもあり、幼少期は李承晩、朴正熙の体制治下で過ごした。この頃の自らの体験を基にした作品に「中国人町」などがある。解放以後のアメリカ黒人兵、白人兵が居留するようすも描かれる「中国人町」、また解放前後の「不忘碑」に出てくる植民者日本人家族、ロシア兵などの存在は、歴史に対する複数の見方を、名もなきひとびとがどのような暮らしをしていたのかをあらためて伝えてくれる。

おすすめ作品

『鳥』

両親に置き去りにされた幼い姉・宇美とその弟・宇一。宇美の透徹した眼差しで描かれる『鳥』は現代社会の歪みを炙りだす。「社会が不安定で家庭が崩れる時、最も大きな犠牲を被るのは子供たち」と語る作家の声は今いっそう重要だ。他の既訳に「中国人町」「不忘碑」を所収した『金色の鯉の夢』（波田野節子訳、段々社）、『夜のゲーム』（段々社）、「いまは静かな時」（『いまは静かな時　韓国現代文学選集』所収、神谷丹路訳、トランスビュー）など。

『鳥』（文茶影訳、段々社）

イ・スンウ――人間の根源へと向けた祈り

伊藤幸太

「故郷、すなわち関係の沼。そのあり地獄のような人情の粘っこいもの。沼から抜け出さない人たちは世の中が見えない。」

イ・スンウ（李承雨）は『生の裏面』（金順姫訳、藤原書店）の中でこんなことを言っている。同書には数多くの省察から導かれることばがいくつも散りばめられている。彼はどのようにして作家になったのか。物語ることとは何か。先に記した言葉に作家としての姿勢が凝縮されている。環境から孤絶することから、彼の文学は始まっている。

人間の内面へと深く潜り込む。ひとびと、関係性、風景などは作家の鋭い洞察と観察のもとに描かれていく。人間存在の根源的な問いについて、彼は小説を書くことを宗教的な祈りにも似た行為として、それに賭けるのだ。その不可能性も意識しながら。小説に対する姿勢は、だからこのうえなく真摯であり、読む者の心を深く捉える。

神学的モチーフ

そうした実直さは、彼が神学を学んでいたことも大いに影響しているはずだ。たとえば『植物たちの私生活』（金順姫訳、藤原書店）では、まるで神話のように展開する物語に圧倒されてしまう。ここに聖書や約束の地といったイメージを思い浮かべるのはさほど難しくはないだろう。

人間や宗教への問いといったモチーフがイ・スンウ文学の最大の特徴だ。短編「香港パク」では、テレビを見ている夫婦のやりとりで、男性のマチズモに対し徹底的な批判を喰らわせる主人公の妻の語りがあり、ユーモラスな描写もある。同時に、何かが「やってくる」ことへの期待と現実が描かれる。この「やってくる」ものとは、一体なんだろうか？　ここにも作家の主たるテーマが潜んでいるのである。

おすすめ作品

「香港パク」

主人公の「私」と同僚の男性、通称「香港パク」。現代社会に生きるひとびとのささやかな希望と期待を背負うかのような彼の振る舞いは、「煩わしい衣服のようにまとわりついている教養とぼろのような自意識」を持ってしまった現代人の心を穿つ。イ・スンウの魅力がコンパクトに、しかしぎゅっと凝縮された短編。他に「宣告」などを収載。

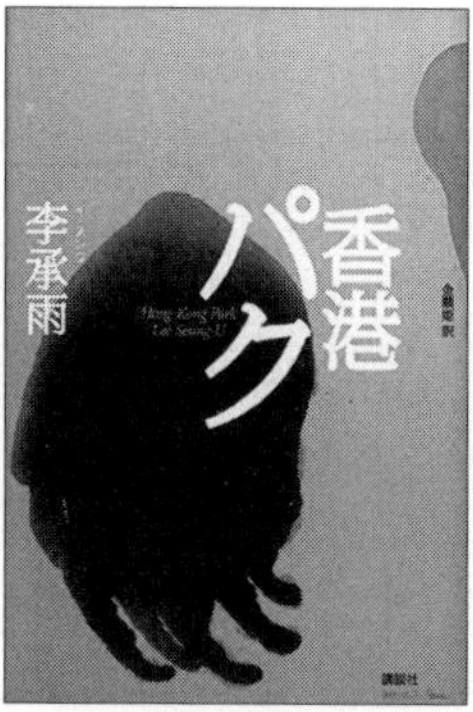

『香港パク』所収（金順姫訳、講談社）

パク・ワンソ――あたたかく大きな「山」

黒あんず

「『韓国文壇に作家の朴婉緒という存在がいる』という事実が多くの女性作家たちにどれほど心強いた希望だったのか、先生はおわかりでしょうか。」

チョン・イヒョンがかつてそう追悼したように、パク・ワンソ（朴婉緒）は現代韓国の女性作家にとってあたたかく大きな「山」のような存在でありつづけた作家だ。二〇一九年にも朴婉緒の短編を集めた『私の美しい隣人』（未邦訳）と彼女を敬愛する作家二十九人によるトリビュート・アンソロジー『メランコリーハッピーエンド』（未邦訳）が刊行されている。

みずみずしくも鋭く描かれる庶民の生

朴婉緒はまだ男性作家中心だった韓国文壇でデビューし、八十一歳で亡くなるまで生涯〈戦争の悲劇、中産階級の生活、女性問題〉を書きつづけた。日本で読める主な作品には『新女性を生きよ』（朴福美訳、梨の木舎）、『あの山は、本当にそこにあったのだろうか』（橋本智保訳、かんよう出版）などの朝鮮戦争での体験を回顧した自叙伝の要素の濃い作品がある。ぜひ読んでみてほしい。とても数十年前に書かれたとは思えないみずみずしい筆致で、少女の目から見た当時の習俗や自然の景色、文化、人々の営みがあざやかに浮かび上がってくるだろう。
同時に、「この世に最も重い義歯」（『現代韓国小説選1　帝国幽霊・黄狗の悲鳴』所収、李丞玉訳、同成社）、「盗まれた貧しさ」（古山高麗雄編『韓国現代文学13人集』所収、新潮社）などの短編では貧しさや弱さからくる庶民の痛みを鋭く切り取った名作が多い。朴婉緒が朝鮮戦争で描いた分断と混乱は現在においてなお、終わってはいないのだ。日本社会に生きる私たちは、彼女の記した物語を目を背けずに読み継いでいくことがますます重要であるように感じる。

おすすめ作品

『新女性を生きよ』

朴婉緒が朝鮮戦争での自身の経験を回顧した自伝的小説三部作のうちの第一作（第二作は『あの山は、本当にそこにあったのだろうか』、第三作は未邦訳）。少女の目から見た当時の生活や景物をいきいきとよみがえらせる筆力に驚嘆させられる。数値にも記録にも書き換えられない人間の生を書くというのはこういうことなのだと思わずにはいられない。

『新女性を生きよ―日本の植民地と朝鮮戦争を生きた二代の女の物語 教科書に書かれなかった戦争・らいぶ』（朴福美訳、梨の木舎）

チョン・ジア——時間と向き合うパルチザンの娘

長瀬海

時間とはどうしようもなく、過ぎ去っていくものだ。しかしそれは消失するのではなく、現在に斤量として加わっていく。一人の老いた人間の肌に刻まれた無数の皺が物語るのは、過去は儚いが、決して無かったことにはならないということ。生きていくなかで増え続けた年輪の重みを、その意味を、チョン・ジア（鄭智我）は小説のなかで捉えてきた。

鄭智我は、政治思想犯として投獄された経験のある父親と、南部軍李鉉相部隊の政治指導員として活動していた母親を両親として持つ。いわゆるパルチザンだった母と父のことを物語に綴ったのが、彼女の第一作『パルチザンの娘』（未邦訳）だ。だが、この作品は国家保安法違反により発禁処分を受けてしまう。逃避生活ののち、一九九六年に新人賞受賞作家として鄭智我は世に出ることになるわけだが、韓国社会に流れていた過去の時間から目をそらすことはしない。

歳月と寂寥感

現在、日本で手に入る彼女の作品集は『歳月 鄭智我作品集』（橋本智保訳、新幹社）のみだ。しかし、ここに収められた八つの作品には、鄭智我が文学を通じて何を映し出したいのかがはっきりと現れている。どの作品にも人物のうちに流れた歳月が寂寥感とともに表出されている。彼女の小説に登場する老齢の登場人物たちは皆、韓国の歴史を背負っているのだが、その記憶の風景を、研ぎ澄まされたリアリズムで彫り刻もうとするのが鄭智我の文学なのだ。

おすすめ作品

「二十三歳、四十三歳」

「最後の若さ」をテーマとしたこの作品には、異国の地で出逢った若い女性の肌を通じて、歳月の流れに逆らう女性の姿が描かれている。老いが諦念に行き着くことなく、むしろ、そこで目覚めるものがあると告げるようなラストは希望に満ち溢れて輝かしい。枯渇したエネルギーが再び花開く瞬間の鼓動が物語からは聞こえてくる。

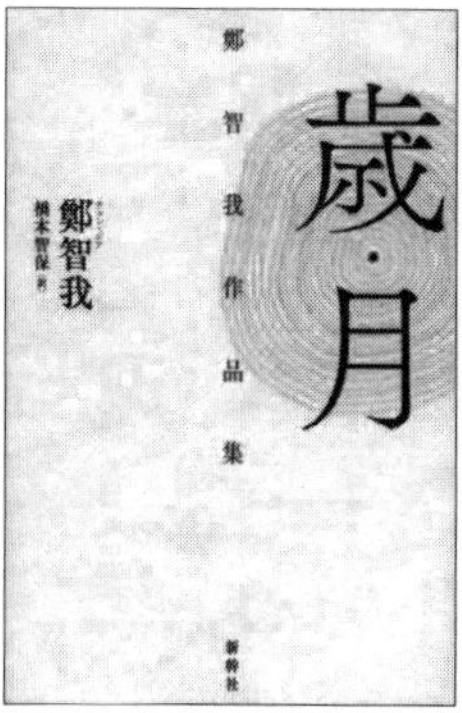

『歳月 鄭智我作品集』所収（橋本智保訳、新幹社）

キム・ジュンヒョク——ポップ・カルチャーと飛躍する想像力

江南亜美子

作家であり、ウェブデザイナーであり、インターネット番組の司会もこなし、イラストの腕前はプロ並み。そんなマルチな才能を発揮するキム・ジュンヒョクだが、ポップ・カルチャー全般、なかでも音楽に造詣が深いことは、その作品からも見てとれる。

邦訳もされた『楽器たちの図書館』（波田野節子・吉原育子訳、クオン）は、〈この短編集は僕からみなさんに贈る録音テープです〉というプロローグで始まり、八の短編が収録されるが、ほぼ音楽がモチーフとなっている。表題作は、あらゆる楽器の音色を記録し、コンピュータソフトで編集し、音の図書館を作ることを夢見る偏執狂的（オタク的）な青年が登場する。「ビニール狂時代」では、六〇年代のレアなレコードをディグるＤＪたちが描かれる。ひとがなにかにとりつかれ、ときに常軌を逸するさまを、著者は温かな目で見つめるのだ。

クロスボーダーな魅力

物語の展開が予想もつかない方向に飛躍するという、たぐいまれな想像力を発揮させるのも、この著者の特徴だ。長編第一作である『ゾンビたち』（小西直子訳、論創社）は、いわゆるゾンビものだがいささか風変り。この作品のゾンビは人を急襲するわけではない。電波の遮断されたコリオ村で、死んでなお軍に利用されているあわれな存在なのである。人の因果や血縁というものを、読者にフレッシュに考えさせるためのモチーフとして、ゾンビが描かれる。
エンターテイメント性と純文学らしいテーマが融合する作品を、キム・ジュンヒョクはものしてきた。ふれ幅の広いクロスボーダーな作品を書く作家としてますます期待される。

おすすめ作品

『ゾンビたち』

ゆいいつの肉親だった兄の遺したレコードを聴くジフン。携帯電話の電波状況を調べる仕事につく彼は、ある日電波の届かないエリアに足を踏み入れる。そこで見たのは無気力な村人とゾンビ。ゾンビの境遇を知り、軍の研究所から救いだそうとするが……。死という人間にとっての永遠のテーマを、ポップに情緒的に描いた小説。

『ゾンビたち』（小西直子訳、論創社）

キム・グミ――得体の知れない世界の感触

黒あんず

評論家のシン・セッピョルに「この時代の感情生態の報告書」とも評されベストセラーとなったキム・グミの『あまりにも真昼の恋愛』（すんみ訳、晶文社）で描かれる世界は、「暗い保管所」のようにひやりとして私たちの指をおびえさせる。それは過去に他人を傷つけた暴力の記憶であり、他者の得体の知れない世界に触れた感触でもある。

表題作「あまりにも真昼の恋愛」で失意に明け暮れるピリョンの前に現れるヤンヒ、「趙衆均氏の世界」でヘランの目に映る趙衆均氏……そして大学時代にいじめによって消えた友達、「セシリア」。語り手の目を通して描かれるキム・グミの世界は、圧倒的に不透明で不親切で、語り手との間に見えない皮膜があるかのような距離を感じさせる。不用意に手を突っ込んだこの世界の思いも寄らないひややかさに、ぎくりとする。

定型化されない感情

そして何よりもキム・グミは世界に対峙するその感情を、いびつなほどに誠実に描き出してみせる。定形化されない、私たちの感情。

「グミさんの小説の登場人物は、とっくに忘れていたと思っていた些細な記憶がいまだに自分の中で消えずにいることに気づかされる。ときにその記憶は、昔から変わることのない家、町、路地と結びつけられているんですよね。たった一度の出来事だったのに、そのときの感情はそこに残り続けている。消えない足跡みたいに」(『韓国の小説家たちⅡ』クオン)

　韓国の作家ペク・カフムが言うように、キム・グミの小説は私たちに「消えない足跡」のような違和感を持ちながら残り続ける。長編『敬愛の心(仮題)』は日本で刊行予定だそうだ。これから精力的に作品紹介が期待される作家の一人である。

おすすめ作品

『あまりにも真昼の恋愛』

　旧世代の価値観が崩壊したあとの不確かな世界の感触を描いて、若い世代に熱烈に支持された作家キム・グミの短編集。曖昧にひろがる世界に現れるひりつくような感覚に、ページをめくっていて思わずぎくりとする。本書収録の「あまりにも真昼の恋愛」「趙衆均氏の世界」では連続して〈若い作家賞〉を受賞した。

『あまりにも真昼の恋愛(韓国文学のオクリモノ)』(すんみ訳、晶文社)

チョン・ミョングァン——巨大な物語《メガノベル》とジェンダー感覚

仲俣暁生

物語は巨大な獣によく喩えられる。海棲ならば鯨、陸棲ならば象。その両者が象徴的に登場するチョン・ミョングァンの『鯨』（斎藤真理子訳、晶文社）は、神話的ともいうべき女たちの演じる物語だ。生まれ育った山村を魚屋の男に連れられて出奔したクムボクは、港町で初めて海を、鯨を見て驚嘆する。ヤクザと恋に落ち、この男の手引きで映画の魅力を知った彼女は、事業で成功後、鯨のかたちをした劇場を建てる。双子姉妹の飼う象はクムボクの事業を成功に導くが、その崩壊のきっかけにもなる。やがて大火災がすべてを焼き尽す。クムボクの娘チュニはその犯人として獄中で陰惨な経験をする。「巨大な女」となった彼女は、母の物語を紡ぎ直すかのように町に戻る——そのように「巨大さ」が、物語の隠喩として幾度も立ち現れるのだ。

たくましい女たち、影のうすい男たち

短編「退社」も邦訳されている（「たべるのがおそい」7号、書肆侃侃房）。こちらは格差社会の行き着く果てを生きる父と息子の話だが、『鯨』に登場する男たちと同様、たくましい女たちと比べてその影は淡い。伝統的に男性優位な韓国社会で、こうしたジェンダー感覚の小説が読者の支持を得ていることに現代性をつよく感じる。

一九六四年に京畿道龍仁市に生まれたチョン・ミョングァンは、様々な職業を経たのちに映画のシナリオライターとなり、初長編『鯨』で二〇〇四年に第十回文学トンネ小説賞を受賞した。現在は映画監督としても活躍している。映画化された二作品（『高齢化家族』『僕のおじさん、ブルース・リー』）の邦訳も待ち遠しい。

おすすめ作品

『鯨』

ある時代にいっとき栄え、やがて何もない原野に戻った町ピョンデの来歴が、異形の母娘クムボクとチュニ（春姫）を軸に語られる。汁椀屋の老婆とデクノボーの間に生まれた蜂飼いの女（一つ目）、象を飼う双子姉妹、獄中でチュニが出逢う女たちなど脇役も忘れがたく強烈な印象を残す。メガノベルと呼ぶにふさわしい圧倒的作品。

『鯨（韓国文学のオクリモノ）』（斎藤真理子訳、晶文社）

チョ・ナムジュ——声なき声の記録

黒あんず

チョ・ナムジュは記録する作家だ。四人の女子中学生を主人公に据えた最新作『ミカンの味』（矢島暁子訳、朝日新聞出版）のあとがきで作家自身も「未熟だし、不安もいっぱいだけど、たくましくて勇敢で健康な子どもたちの姿を記録として残したかったのです。私は小説を通じて現在を記録するという考えが強いようです」と述べている。

『82年生まれ、キム・ジヨン』（斎藤真理子訳、筑摩書房）という韓国文学史において稀有なベストセラーを打ち立てたチョ・ナムジュは、ながらくテレビ番組の放送作家として活躍していた。それもあってその執筆スタイルは綿密な取材やインタビューに裏打ちされている。わくわくしながら『キム・ジヨン』を開いた私は、当時それがあまりにも「凡庸」でとても「文学的」とは思えずにがっかりしたものだった。このように統計データと取材からなる小説が文学たりうるのだろうか？とすら思っていた。傲慢だった。

無数の声の集積を掘り起こす

そんなチョ・ナムジュのスタイルの真価は、『彼女の名前は』（小山内園子・すんみ訳、筑摩書房）を読めば一目瞭然だろう。この作品は社会に傷つけられてきた女性たちの微かな声を見ごとに拾いあげ、粘り強く聞き取りを重ね、そのささやかな体験や感情を再構築したすばらしい短編集となっている。

あまりにも平凡で、誰にも聞き取られなかった声。素通りされて、埋もれてしまった声。無数の声の集積からそれらを掘り起こすスタイルこそが、チョ・ナムジュ文学の真骨頂なのだ。彼女がこれからどのような声を記録していくのか、楽しみでならない。

おすすめ作品

『彼女の名前は』

綿密な取材と聞き取りを重ねて生まれたチョ・ナムジュ文学の真骨頂。ハラスメント、アイドルファン、若い女性の都市生活、結婚・離婚、母親との確執に生理の貧困……私たちの生活に密接に関わっていながら文学の俎上に乗せられてこなかった事象や気持ちを丁寧に拾いあげた短編集。韓国フェミニズム小説の入門の一冊としても最適。

『彼女の名前は』（小山内園子・すんみ訳、筑摩書房）

キム・ヨンハ――グロテスクなユーモア

黒あんず

キム・ヨンハ（金英夏）はひねくれたエンターテイナーだ。それは李箱文学賞受賞者の〈文学自叙伝〉で唯一フィクション形式で提出されたエッセイを見ればピンとくる。

時は二〇三八年、「精神改良法」が成立した未来社会で逮捕された一人の作家が自身の半生を告白していく。そこにこんな記述がある。

「その頃、死をたくさん目撃しました。自殺する人がたくさんいたのです。訓練所の同期だった友人も薬を呑んで死にました。その事件の報告書も私がタイプしました。」（『僕は李箱から文学を学んだ』クオン）

これがキム・ヨンハ自身に降りかかった現実の話なのかどうかはわからない。しかし、「軍隊生活の中で友人が死に、その死亡報告書をタイプする」というグロテスクなユーモアが、彼の作品には少なからず存在していることは確かだ。

詩であり笑いであり、文学でありミステリーである

日本語で読めるキム・ヨンハの作品には『阿娘《アラン》はなぜ』（森本由紀子訳、白帝社）、『光の帝国』（宋美沙訳、二見書房）、『殺人者の記憶法』（吉川凪訳、クオン）などがある。『阿娘はなぜ』は現実の出来事と小

説家の頭の中で阿娘伝説が現代の民話として再構築される過程が並行するメタミステリー、『光の帝国』は二一世紀初頭に生きる南派スパイの日常の崩壊を描いたサスペンスである。どれも一筋縄ではいかない小説ばかりだ。

その中でも『殺人者の記憶法』はソル・ギョング主演で映画化もされており、アルツハイマーを患い始めた殺人鬼が新たな殺人鬼と出会うという、キム・ヨンハらしいドライなユーモアが発揮された逸品だ。ミステリーでありながら、殺人鬼の哲学と記憶そのものをめぐる文学としても成立している。詩であると同時に笑いでもあるキム・ヨンハ文学の最高峰と言えるかもしれない。

おすすめ作品

『殺人者の記憶法』

アルツハイマーを患ったことにより記憶の抜け落ちていく殺人鬼の手記、という体裁を取ったミステリー小説。かつての殺人鬼が新たな殺人鬼と出会うという物語にも度肝を抜かれるが、何より殺人鬼の世界観や哲学といったたわいもない語りがひたすら面白い。〈記憶〉をめぐる文学作品としても読める豊かさがある。

『殺人者の記憶法（新しい韓国の文学）』（吉川凪訳、クオン）

クォン・ヨソン——日常のディスコミュニケーションを射抜く

黒あんず

クォン・ヨソンは、腕のいい猟師のように日常のコミュニケーションの不安や断絶を射抜いてみせる作家だ。

「私はいつの頃からか、よく泣いた。泣きながら、いつも悔しがっていた。悔しさとは何だろう。相手に自分のことをうまく言い表せない無能さ、どうせ自分は理解してもらえないだろうという諦め。早い話が言葉とコミュニケーションの問題だ。」（『僕は李箱から文学を学んだ』クォン）

李箱文学賞受賞エッセイで、クォン・ヨソンはこのように文章を始めている。

日本で『春の宵』（橋本智保訳、書肆侃侃房）として出版された短編集の表題作は、まさにそのようなディスコミュニケーションを描いた作品といえよう。リウマチを患う夫とアルコール中毒の妻、二人は愛し合いながらも最後までお互いを理解することができない。３８６世代の作家として軍事独裁政権に翻弄される人々を描いてきたクォン・ヨソンは、この『春の宵』や『レモン』（橋本智保訳、河出書房新社）で同時代を生きる人々を描き、読者層を大きく広げた。

つながることで孤独と向き合う

クォン・ヨソンとはどんな人間なのだろう？『春の宵』には酒を飲む場面がすべての話に登場する

が、彼女自身も酒と肴を愛し、『きょうの肴なに食べよう?』(丁海玉訳、KADOKAWA)という滋味ゆたかな食(酒?)エッセイ本を出している。また、小説を書くきっかけとなったのはパソコン通信時代にオンラインゲームで他の人間を待っている時間をもてあましていたことだそうだ。

ゲームや酒席で人とつながること。つながることで、孤独に向き合うこと。あなたと私は違う人間だと理解すること。クォン・ヨソンの作品にはその寂しさがある。

おすすめ作品

『春の宵』

リウマチを患う夫とアルコール中毒の妻、二人はいたわり合いながらも最後までお互いを理解できない……あくまで理解不能な〈他者〉として近しい者とのコミュニケーションを描き出すクォン・ヨソンの凄腕を味わえる傑作短編集。それは表題作だけでなく、「三人旅行」や「一足のうわばき」で繰り広げられる仲間内での気まずさ、罪の意識、他者への苛立ちとも共通している。

『春の宵(韓国女性文学シリーズ4)』(橋本智保訳、書肆侃侃房)

イ・ヒョン――時代に分断された人々

大久保潤

終戦、開放、そして分断――現代韓国・朝鮮の歴史は決して平坦なものではない。そんな大きな流れの中で生きた若者たちを生き生きと描いているのがイ・ヒョンの『1945年、鉄原《チョロン》』（梁玉順訳、影書房）と『あの夏のソウル』（下橋美和訳、影書房）だ。『1945年、鉄原』では半島が南北に分かれた直後の時期が、続編の『あの夏のソウル』では北朝鮮の侵攻により占領されたソウルが舞台になっている。

共産主義の到来により初めて家を持つことができた貧しい少女。豊かな家に生まれながらも平等な社会を夢想する少年。両班《リャンバン》（旧支配階級）の家に生まれ密かに南への脱出を図る娘。平壌のエリート高に進学するも挫折し、ソウルでのオルグ活動で自信を取り戻す女子学生。反共に凝り固まり「アカは皆殺しだ」と息巻く権力者の父親と、その姿に疑問を持つ息子。

それぞれの事情

二作をつうじて、時代に翻弄される人々の「それぞれの事情」を丁寧に描き出す。著者は南北のいずれにも肩入れしてはいないものの、どちらかというと新たな社会の理想に夢を見る少年少女たちのほうに共感的に見える。

多くの登場人物たちは変えられない歴史の流れに従い悲劇的な展開を遂げていく。そんな中、最後に残った少年の行く手には何が待っているのだろうか。

イ・ヒョンは一九七〇年生まれ。二〇〇六年のデビュー以来、童話や児童書、ＹＡの分野で活躍しているほか、子どもの人権についての著書もあるが現時点で邦訳されているのは本稿で紹介した二作のみ。

おすすめ作品

『1945年、鉄原』

邦訳されている二作、基本的には両方続けて読むのがおすすめなのだが、順番からいうとまず一作目のこちらを。三八度線にほど近い小さな町に訪れた新しい時代。ある者は希望を見出し、ある者はかつての生活を取り戻そうとする。やがて破壊活動を巡りミステリ的な要素も盛り込みながら物語は展開していく。

『1945年、鉄原』（梁玉順訳、影書房）

チョン・ユジュン――負の感情を描く〈韓国のジム・トンプソン〉

杉江松恋

第五長篇にあたる『種の起源』（カン・バンファ訳、ハヤカワ・ポケット・ミステリ）に付されたあとがきによれば、チョン・ユジュンがその関心に呑み込まれた出来事があったのだという。二十三歳の青年が両親を惨殺し、家に火を放って証拠隠滅を図ったという事件だ。二〇〇七年のデビュー以来、チョンは人間の中に眠る負性の感情に魅了され、それを描ける登場人物を求め続けてきた。映画化された話題作『七年の夜』（カン・バンファ訳、書肆侃侃房）の凶暴な父親ヨンジェもその一人だ。しかし三人称の登場人物を使ってそれを書き尽くすことは難しいと判断し、五作目にして初めて主人公を悪の担い手として書こうと決意した。その結果出来上がったのが『種の起源』である。

エンターテイメント小説の旗手

『種の起源』は青年ハン・ユジンが、自分が血まみれで眠っていたことに気づく場面から始まる犯罪小説である。事件現場から抜け出そうとするユジンは同時に、母親の精神的な支配から脱出しようとしているようにも見える。『七年の夜』も父の犠牲になった若者が主人公であったが、家父長制を旧弊として告発する姿勢はチョンの基底にあるものなのではないだろうか。

チョン・ユジュンは看護師などの職業を経て四十一歳で作家になった。子供が創作活動を行うことを否定する母親や、古い価値観から抜け出せない出版社との闘いを克服してのデビューである。本国で二十五万部超のベストセラーとなった『種の起源』を含む五作の長篇はすべて映画化権が売れており、韓国エンターテインメント小説の旗手として現在注目される存在となっている。

おすすめ作品

『種の起源』

『種の起源』のミステリーとしての特徴は、視点人物であるハン・ユジンが歪んだ心理状態にあるために、謎を解くための手がかりもまた真っ当な形では読者に伝わらないという点にある。チョン・ユヨンには〈韓国のスティーヴン・キング〉の称号が贈られているそうだが、むしろ『おれの中の殺し屋』の作者に敬意を表して〈韓国のジム・トンプスン〉と呼ぶべきだろう。

『種の起源』(カン・バンファ訳、ハヤカワ・ポケット・ミステリ)

ユン・イヒョン――書くべきでないときに書かないこと

黒あんず

ユン・イヒョンは二〇二〇年一月に「作家活動中止」を宣言した作家である。その経緯は李箱文学賞受賞エッセイ「ふたたび書く人」[1]、すんみ氏の「より良いところに、ずっと遠くまで――ユン・イヒョンの『作家活動中止』をめぐって」[2]に詳しい。今活躍する韓国の作家たちの多くは、セウォル号事件や文壇の性暴力などの社会で起きた出来事を真摯に見つめ、怒りや悲しみを作品で表現し、声を上げつづけてきた。そのような状況のなかで、ユン・イヒョンの「書くべきではないときに書かないこと」という決断は非常に重い。

ふたたび筆を執るときのため

書くということ、書かないということ。ユン・イヒョンはそれを誰よりも真摯に考える作家なのではないかと思う。

「小説家としては、むしろ議論に参加すらできない女性たちに関心があります。どうしてこの人たちは何も語れないのだろうと。老いていたり、病気だったり、子育てや介護をしていて身動きが取れなくなっていたりするんですよね」[3]

そんな彼女の姿勢はさまざまな角度から声を奪われた女性やマイノリティを読者の眼前に浮かび上

1：『僕は李箱から文学を学んだ』（クオン）所収
2：『エトセトラ VOL.3』（エトセトラブックス）所収
3：『韓国フェミニズムと私たち』（タバブックス）所収インタヴューより

がらせる手腕によく現れている。分断された女性たちの連帯からSFまで幅広い作風を収める『小さな心の同好会』（古川綾子訳、亜紀書房）はもちろん、六十八歳の女性と二十三歳のアンドロイドの関係を描く『ダニー』（佐藤美雪訳、クオン）、そして李箱文学賞受賞作「クンの旅」（『韓国・フェミニズム・日本　完全版』所収、河出書房新社）も同じだ。

ユン・イヒョンがふたたび筆を執るときのために、私たちはきっと今よりもより良い世界を用意しなければならない。社会を少しずつ変えていかなければならない。彼女の作品を読むと、そんな思いがわきあがってくる。

おすすめ作品

『小さな心の同好会』

「書くこと」に対する彼女の姿勢が最もストレートに表現されている短編集。声を奪われた女性、そしてマイノリティの表象がさまざまな角度からプリズムのように現れる。なかでも表題作は、家事労働や育児に追われる立場の女性たちが書き、表現し、立ち上がるまでの小さな連帯を描いていて読みながら涙があふれるのを禁じ得ない。

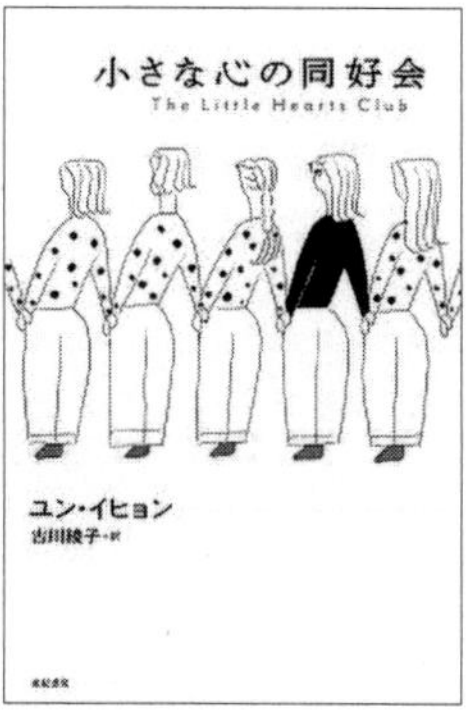

『小さな心の同好会（となりの国のものがたり 8）』（古川綾子訳、亜紀書房）

チョン・イヒョン——現代社会と切り結ぶ女性像

江南亜美子

現代韓国において女性はどう生き、社会とどう切り結ばれるのか。つねに批評的に時代と空気を描いてきた実力派の作家として、チョン・イヒョンは確固たる地位を築いている。日本では『マイスウィートソウル』（清水由希子訳、講談社）が二〇〇七年に翻訳された（韓国文学の邦訳ブームのさきがけだ）。こちらは、都市部にすむ独身の働く女性の生と性が、あくまでも軽やかに描かれるが、内実は孤独感と自己肯定感の低さにさいなまれる。「かつての恋人が結婚する日、みんなは何をして過ごすのだろう」。

本国では「三豊百貨店」（『優しい暴力の時代』所収、斎藤真理子訳、河出書房新社）という短編が、チョン・イヒョンの名を一気に押し上げた。右肩上がりの浮かれた高度経済成長下で、手抜き工事により江南の百貨店が倒壊し多数の死者を出した実際の出来事をもとに、韓国の格差社会の厳しさ、そして命が軽視される虚しさを映しだした作品だ。

不可視の暴力を繊細に描き出す

孤独にせよ、格差にせよ、旧弊な価値観のしがらみにせよ、女性に痛みを与えるものを、著者は「優しい暴力」と呼ぶ。『優しい暴力の時代』は短編集であり、いずれも目に見えて熾烈な（直接の肉体への）暴力ではないが、人々の心にすでに内面化された差別意識や、競争原理からくるストレスなどを「優しい暴力」と考えるのだ。

どの作品からも、ただ生きることの苦しさをこうも繊細に描出しうるのかと唸らされる、著者の手つきを感じる。「都市の記録者」と呼ばれることもあるチョン・イヒョンだが、『きみは知らない』（橋本智保訳、新泉社）では家族関係という力学を、一人の少女の失踪を軸に、詳らかにする。

おすすめ作品

『きみは知らない』

日曜午前の川べりで男性の死体が発見され、物語は幕を開ける。幼い少女ユチが姿を消し、完璧に見えた家族の内実が見えてくる。在韓華僑の出自をひた隠す母、臓器売買ビジネスに手を染める父、ユチとは母親の異なる姉兄……それぞれが胸に抱く猜疑心と思惑とは。他者理解の及ばない精神の内奥を、深く掘り下げる長編小説だ。

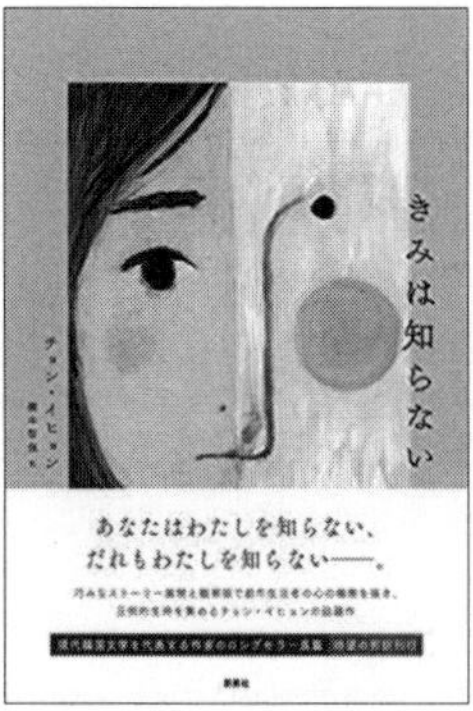

『きみは知らない（韓国文学セレクション）』（橋本智保訳、新泉社）

ジャンル別

さらなる紹介が待たれる韓国のミステリー

杉江松恋

韓国ミステリーの歴史は植民地支配を受けていた一九二〇年代まで遡ることができる。〈韓国推理小説の父〉と呼ばれる金來成は、日本への留学時代に創作を開始した。長篇第一作『思想の薔薇』（『金來成探偵小説選』所収、論創社）は初めに日本語で執筆された。それを金は、後に自らの手で母国語に翻訳したのである。帰国後に執筆した作品のうち、富豪と結婚した美女・孔雀夫人を狙う殺人鬼と探偵・劉不亂《ルブラン》の闘いを描いた長篇『魔人』、ジュヴナイルの『白仮面』（共に祖田律男訳、論創社）が邦訳されている。金來成を精力的に翻訳紹介している祖田律男によれば、孔雀夫人のモデルは当時絶大な人気を誇った舞踏家・崔承喜だという。

金聖鐘と戦後ミステリー

金聖鐘は韓国ミステリーの方向性を決定づけた作家である。その代表作が一九七四年に発表された『最後の証人』（祖田律男訳、論創社）だ。連続殺人事件の謎を追う刑事の捜査が朝鮮戦争に端を発する悲劇の連鎖を暴き出していくという物語で、韓国の現代史が帝国主義戦争の記憶と無縁ではありえないことを本作は端的な形で描いている。この他、ヴェトナム戦争に人生を狂わされた男を主人公とした『ソウル　逃亡の果てに』（祖田律男訳、新風舎文庫）もお薦めしたい。

韓国ミステリーの日本への紹介はまだ散発的であり、体系的な邦訳が待たれる状態である。その中で貴重な一冊が、韓国推理作家協会が一九九八年に編纂した年間アンソロジー『コリアン・ミステリ』（バベル・プレス）である。前出の金聖鐘他、ここでしか読めない作家の短篇が収載されている。一九九〇年代の作品では三八度線の緊張関係を題材としたサスペンス、朴商延『JSA』（金重明訳、文春文庫）が映画原作という身近さもあって手に取りやすいだろう。

現代のおすすめ三作品

二〇〇〇年代以降では、イ・ジョンミョン『風の絵師』（米津篤八訳、早川書房）、ピョン・ヘヨン『ホール』（カン・バンファ訳、クオン）、キム・ヨンハ『殺人者の記憶法』（吉川凪訳、クオン）の三冊を挙げておきたい。『風の絵師』は実在の宮中絵師に関する謎を扱っており、歴史美術ミステリーとして興味深い内容だ。『ホール』は事故によって全身不随の状態となった男が、妻の母親との同居生活で味わう恐怖を描いた作品で、スティーヴン・キング『ミザリー』を連想する読者もいるのではないだろうか。『殺人者の記憶法』は、シリアルキラーだった老人が自らの分身のような若い殺人者の存在に気づき、生涯最後の殺人を企てるという物語だ。老人がアルツハイマーで記憶を喪いつつあるという着想がおもしろく、独白形式の実存小説として読むこともできる。

自分が自分であるために大切にしているもの——韓国のエッセイについて

アサノタカオ

文学や音楽や映像、多様な分野で活躍する韓国のアーティストによるエッセイ集が、近年少しずつ翻訳紹介されている。「さあ、読むぞ」と長編小説や詩集の読書にじっくり取り組むのもよいけれど、親しい友の語りに耳を傾けるようにして、気負うことなくエッセイ集のページをめくる時間にも独特のよろこびがある。

シンガーソングライターであるイ・ランの『悲しくてかっこいい人』（呉永雅訳、リトルモア）は、ソウルで暮らす著者が、自分が自分であるために大切にしているものについてつづったエッセイ集だ。幼いころや学生時代の記憶、歌ったり教えたり書いたりする仕事、家やお金のこと、旅のこと、友達や恋人や家族、そして飼い猫の「ジュンイチ」のこと。ときに「暗くて悲しい心」をのぞきこみながらも、笑いとユーモアを忘れない正直な文体が心地いい。

「わたしは、いつでもどこでも問いかけていた」と著書は言う。本当に大切なものとは何かという問いを、アーティストとして表現しつづける彼女のことばは、生きることが自分でないほかの何かによって代弁されたり支配されたりすることはあってはならない、というつよい思いに支えられている。読んでいて、そのことになんども背中を押されたような気持ちになった。

自分自身を問うことは、社会を問うことにもつながる。イ・ランは同書のあとがきで、二〇一四年に起こったセウォル号沈没事件にふれていた。修学旅行中だった高校生ら多くの犠牲者を出し、韓国社会を揺るがしたこの惨事について、小説家や詩人や批評家たちが文芸誌に発表した評論やエッセイをあつめたのが、『目の眩んだ者たちの国家』（矢島暁子訳、新泉社）。経済を優先し、命をないがしろにする新自由主義的な社会のあり方の「傾き」を厳しく問う内容だ。表題作となった小説家パク・ミンギュの作品の末尾に記された一節からは、想像力によって人間の真実を証すことを使命とする文学者の痛切な叫びが聞こえる。「私たちは目を開けなければならない。／私たちが目を開けなければ／最後まで目を閉じることのできない子どもたちがいるのだから」

小説家ハン・ガンの『そっと 静かに』（古川綾子訳、クオン）は、歌や音楽を通じて回想される人生の折々の光景を繊細に描き出した、美しい随想集。『僕は李箱《イサン》から文学を学んだ』（古川綾子ほか訳、クオン）は、韓国の芥川賞と言われる李箱文学賞の歴代受賞者二三名が受賞後に発表した文学的自叙伝のアンソロジーで、ハン・ガンも寄稿者の一人。報われることの少なかった父の人生を語るソン・ホンギュの文章、「絶望した人」には涙を誘われた。

作家イム・キョンソンの『村上春樹のせいで』（渡辺奈緒子訳、季節社）、そして映画監督のイギル・ボラが、ろう者である両親のもとで生まれ育った半生をつづった『きらめく拍手の音』（矢澤浩子訳、リトルモア）。この二冊も、「自分が自分であるために大切にしているもの」をテーマにした韓国発のエッセイの本として、おすすめしたい。

たたかいの最前列に立つ、美しいことばたち——韓国の詩について

アサノタカオ

　金恵順《キムヘスン》の詩集『死の自叙伝』（吉川凪訳、クオン）を読む。「あなたがあなたを脱いだ場所で身体から赤い色をすべて抜いたような寒さが訪れた」。一行のことばが呼び覚ます精緻な「死」のイメージを前にして、震え上がるような底なしのかなしみを感じるのは、自分一人ではないだろう。

　臨終から四九日間、死者の耳元で語られる経典『チベット死者の書』。その思想を背景に構成される四九篇の詩は、地下鉄の駅で倒れた女＝「あなた」への呼びかけからはじまり、現代社会で突然命を奪われたものたち、その肉体の死の後に訪れる時間を描き出す。二〇一四年のセウォル号沈没事件を暗示する作品もあり、遺族となった姉と亡き妹の魂のひそやかな共生を語る「同名異人」は、胸がつまる一篇だ。「それでも一緒に暮らす　夢も代わりに見てやり　友達もつくってやる／妹の遺体を確認してきても」

　近年、韓国文学の翻訳では、特に七〇年代・八〇年代生まれの女性作家による「フェミニズム文学」が熱い共感と期待を集めているが、金恵順はその先輩にあたるフェミニスト詩人。文貞姫《ムンジョンヒ》の『今、バラを摘め』（韓成禮訳、思潮社）やチェ・ヨンミの『三十、宴は終わった』（ハン・ソンレ訳、書肆青樹社）も男性優位社会に抗い、文学の世界に女性の声を押し開いた詩人の書だ。

　韓国の人々は詩を愛する、とよく言われる。日本の植民地支配によって一度母語を奪われ、解放後

の軍事独裁政権下において自由な発言が禁じられ、それでもなおみずからの声で歌いつづけた近現代の韓国の詩人たち。かれらの詩のことばをつよくしている何か、その正体を知りたいと願いながら翻訳を通して作品を追いかけてきた。

呉圭原《オギュウォン》の『私の頭の中まで入ってきた泥棒』（吉川凪、クオン）は、なかでも愛読する一冊だ。「詩を勉強したいという／狂った弟子と座って／コーヒーを飲む」。かっこいいな、と思わず唸ってしまう。エスプリの効いた軽やかなことばは、しかし反骨の精神にも裏打ちされている。「警察の不審尋問に差し出す／僕の住民登録証を詩だと／言ったらいけないだろうか／……いけないなら　いけないそのすべてを／詩と言ったらいけないだろうか」

歴史の中で語られない声に耳をすませ、社会の中で隠されている光を見つめ、イメージの世界において忘れられたもの、忘れてはならないものを取り戻すこと。韓国の詩の多くに感じるのは、そのような使命感だ。詩人たちは人間の尊厳を守るたたかいの最前列に立つ。美しいことばを杖にして。

ホ・ヨンソンの『海女たち』（姜信子・趙倫子訳、新泉社）は、済州島四・三虐殺事件など、動乱を生きのびた島の女性たちへの聞き書きをもとにした作品。この詩集もまた、「歴史の中で語られない声」に寄せる痛切な思いを、読者の心の耳にそっと語りかける。

韓国文学アンソロジー紹介

黒あんず

『ヒョンナムオッパへ』（斎藤真理子訳、白水社）

『82年生まれ、キム・ジヨン』の人気を受けて企画された、定評ある女性作家による韓国初のフェミニズム小説アンソロジー。ひと口にフェミニズムと言っても、身近な題材からSFまでを幅広くカバーする粒ぞろいの一冊となっている。さまざまなフェミニズムの可能性を探る一冊としてもおすすめ。

『小説版　韓国・フェミニズム・日本』（河出書房新社）

創刊以来八六年ぶりの三刷となった「文藝」の同名特集号に掲載された小説を集めたアンソロジー。日韓の作家たちのテーマへの関わり方の違いも興味深いが、パク・ソルメやハン・ガン、デュナなど現代韓国文学最先端の作家に触れる機会としても絶好の一冊。フェミニズムのさらにその先が見えるかもしれない。

『失花』（呉華順《オファスン》、岡裕美、姜芳華《カンバンファ》訳、書肆侃侃房）

「韓国文学の源流」シリーズ三冊目の短編アンソロジー。李箱や蔡萬植などの近代韓国文学を代表する作家たちが植民地化された朝鮮で一九四〇年前後に執筆した中短編作品を収録している。軍靴の響きが忍び寄るなか他者化された女性の幻影を追うような筋の作品が多く、「男と女」「宗主国と植民地」など時代に蔓延する暴力を感じ取ることができる。

『韓国短篇小説選』（大村益夫、長璋吉、三枝寿勝編訳、岩波書店）

一九五〇年代から一九七〇年代の現代韓国文学を代表する作家たちの短編を集めたアンソロジー。個人的にも非常に重要な本で、現代韓国文学にここから惹かれたと言っても過言ではない。主に「貧しさ」や「孤独」や「暴力」が描かれるが、しかしそれを描写する圧倒的に硬質な力強さと誠実さに目が眩みそうになる。ぜひ読んでほしい一冊。

『いま、私たちの隣りに誰がいるのか』（安宇植編訳、作品社）

現在の韓国文学ブームに先駆けて編まれた貴重な現代韓国文学アンソロジー。軍事独裁政権が終わり民主化運動も下火になった一九九〇年代にデビューした作家たちの作品は日本でも読めるものが少ない。表題作の申京淑はもちろん、尹大寧や河成蘭など現在の韓国文学におけるフェミニズムリブートを考えるうえでも重要な作家に触れられる一冊である。

韓国のＳＦについて

チョン・ソヨン（李聖和訳）

二〇二〇年の九月末から、Netflix のオリジナルドラマとして『保健教師アン・ウニョン』の配信が始まった。原作小説『保健室のアン・ウニョン先生』（斎藤真理子訳、亜紀書房）の著者チョン・セランが脚本を手がけ実写化された作品である。『保健教師アン・ウニョン』は、韓国コンテンツのなかでもNetflix が真っ先に契約した作品で、『キングダム』（朝鮮王朝時代を背景にしたゾンビスリラードラマ）に次ぐ公開となる。

『保健教師アン・ウニョン』のドラマ化と成功は、現在韓国でジャンル文学、とりわけＳＦが、文学という枠を超えて大衆性とチャレンジ精神をどのように具現しているかを示すひとつの例だといえる。最近の韓国ＳＦの傾向ないし特徴は、大きく三つある。まず、政治性と進歩性がはっきりと描かれ、二つ目に、映像化が急速に進んでおり、三つ目に、創作活動に意欲的な作家の層が厚いということだ。

韓国ＳＦというコミュニティの形成

韓国ＳＦの歴史は、かなり昔までさかのぼって語られることがあるが、今日、韓国の読者が手に取っている、韓国の作家による韓国ＳＦは、一九九〇年代のパソコン通信時代から大衆の関心を集め始めたと思われる。ＳＦが好きで探し求めて読む人たちが集まり、なかには私のように英米のＳＦ作品を翻訳して紹介したり、出版社に入ってＳＦを作ったり、企画者として働く人もいた。私たちは、ル＝グウィン（代表作『ゲド戦記』など）、ゼラズニイ（代表作『光の王』など）、ディック（代表作『高い城の男』など）等の作家に熱狂し、彼らの本を読み、作品を書いた。こうして世に広まった英米ＳＦを読みながら育った作家たちは、これに加え、韓国ＳＦを読んでＳＦを書き始めたわけだが、現在の韓国ＳＦ界の「若手作家」、「新人作家」はこの世代にあたるといえる。つまり、韓国ＳＦは、英米ＳＦという背景と、英米ＳＦのなかでもとくに翻訳家と企画者によって選別され紹介された翻訳作品、そして、その影響を受けた「韓国文学」たるＳＦという背景のもとで成長してきたのだ。

翻訳のキュレーション、読者の嗜好

一昨年、韓国ＳＦアンソロジーの『レディーメイド・ボーディサットヴァ（Readymade Bodhisattva）』の出版決定を記念して、カリフォルニア大学リバーサイド校でセミナーを開いた。そこで私は、同校教授のシェリル・ビントとジャンルのカノン（canon：正史）について話しながら、韓国のＳＦ作家である自分は、英米圏のＳＦ読者が幼少期に自然に接するいささか差別的で古い作品を読んでいないことを改めて実感した。韓国で翻訳されたＳＦは、翻訳家と企画者の志向にしたがって選択的に出版されたものだ。韓国で韓国人が接するＳＦ文学は、すでに翻訳家のキュレーションを経た作品であり、これは韓国ＳＦに明確な傾向性を与えた。

例えば、ル＝グウィンのフェミニズムＳＦ代表作『闇の左手』（小尾芙佐訳、ハヤカワ文庫ＳＦ）は、一九七〇年代頃からすでに翻訳されており、その後も、何度も出版社で再刊されほぼ絶版なしで広く読まれてきた。ル＝グウィンのハイニッシュ・ユニバースシリーズも、かなりの数の作品が翻訳されている。その反面、サイバーパンクの代表作であるウィリアム・ギブスンの『ニューロマンサー』三部作（黒丸尚訳、ハヤカワ文庫ＳＦ）は、読みにくい翻訳で一度出版されたが、ずいぶん長いあいだ絶版状態だった。その後、二〇〇〇年代半ばになってやっとＳＦ作家のキム・チャンギュによって完訳された。英米圏の読者なら成長する過程で自然に読んだであろう「主人公の少年が宇宙船に乗って冒険し女の子を救うＳＦ」は、韓国ではさほど読まれていない。

このように、韓国で「ＳＦを読んだり書きたい人たち」が接するＳＦがすでにキュレーションを経た作品であったということは、韓国ＳＦに双方向から影響を及ぼし合った。まず、ＳＦの読者は、翻訳される作品の傾向——進歩性、フェミニズム、政治性——の影響を受けた。一方で、翻訳出版されたＳＦを、「視野を広げてくれるから」「読んでいて不愉快な気持ちにならない娯楽ジャンルだから」というＳＦの特徴に惹かれて、愛読する人が増えていった。

差別と違いに敏感な文学

韓国のＳＦ文学では、「不愉快だけど面白い」、「差別的だけど面白みはある」という言葉はほとんど通用しない。韓国ＳＦは、既存の文学や他のメディアのＳＦ的な作品（例えば漫画や映画）と比べて、差別と不愉快さに敏感だという特徴がある。

極めて基本的かつ具体的な例をあげてみよう。まず、近刊の韓国SFのどれをとっても、「女なのに決断力がある」といった表現は多分見られないだろう。韓国のSF作家は、このような性差別的な表現を意識的に排除しているからだ。現に韓国社会では、未だ上司は男性、部下は女性というケースが多い。しかし、韓国のSF作家は、意識的にジェンダーを配置し直す。上位者はすべて男性で、下位者はすべて女性であるという状況を描いた韓国SFは、おそらく、まったくないとはいえないが、ほぼないだろう。そのような設定は「正しくない」と受け止められ、ひいては「SF愛読者にとっても面白くない設定」なのだ。読者が韓国SFを読むときに期待するところではない。

韓国語の特徴を活かし、初めからジェンダーニュートラルな作品を書く作家も多く、読者もこれを自然に受け入れている。自著を例にあげると、『となりのヨンヒさん』（吉川凪訳、集英社）に収録されている一編目の作品「デザート」の語り手は、韓国語で「ナ（男女共通の一人称）」である。この十年あまり、読者と会ったり講義などをするなかで、この「ナ」の性別が何だと思うか質問してみると、男と答える人と女と答える人、いつも半分ずつくらいだった。文壇文学における二〇一五年のフェミニズム・リブート[1]や、クィア文学が流行する前の十数年前からそうだった。そして、文壇文学にフェミニズム・リブートの風が吹いてからは、登場人物の二人は「レズビアンカップル」だと答える人が増えた。

外見の描写についての悩みと議論も絶えない。外見の描写は、性差別、外見差別、人種差別につながる危険性が極めて高い。「女なのに背が高い」、「蠱惑《こわく》的で大きな瞳とくっきりした二重」という表

1：評論家のソン・ヒジョンが名付けたもの。一九九〇年代のフェミニズム運動がいったん衰え、二〇一五年に若い世代を中心として再び関心が高まった現象。

現は差別的だ。外見についての説明が、ステレオタイプ化や人格に対する評価につながってしまう可能性もある。私は、なるべく外見描写をせずに登場人物（または宇宙人）を説明する方法を長いあいだ考えてきた。「韓国ＳＦ作家連帯」の創立後、ほかのＳＦ作家たちとセミナーを行うなかで私は、みな同じような悩みを抱えており、外見描写の表現を慎重に選んでいるということを知り、大変驚くと同時に嬉しく思った。

外見以外にも、家族関係の設定において、いわゆる「正常家族」をできるだけ描かないようにしているという作家もいれば、超能力といった身体の違いを設定するときは、障害者差別にならないように注意しているという作家もいる。子どもを無能で弱い存在としてだけ描かないように、特に気をつけているという作家もいる。

数十人のＳＦ作家が集まり創作過程の悩みを打ち明ける場で、工学や自然科学的な争点ではなく、このような社会的な差別と違いが話題になるということは、結局そういった悩みが作品に映し出され読者のもとに届くという点で、韓国ＳＦの大きな特徴であり長所であると思う。

時代の問題に敏感な文学

九月、私は世界オンラインＳＦコンベンション「フューチャーコン（FutureCon）」に参加した。イベントのなかに、韓国と日本のＳＦをテーマにした「Future East Asia:Techno-traditions in Japan and Korea」というセッションがあった。韓国からは私が、日本からはＳＦ作家の藤井太洋さん、

ＳＦ書評家の橋本輝幸さん、作家の池澤春菜さんが参加した。このとき、視聴者から「気候変動問題を扱ったＳＦはあるか」という質問を受けた。

環境と気候変動は、韓国ＳＦで最近注目されている素材だ。以前は環境汚染によるディストピア全般を扱っていたが、昨今は気候変動という現実世界の問題をモチーフにした作品がいくつも登場している。チョン・セランの「リセット」をはじめ、チョン・ソンラン、キム・チョヨプなど様々な作家が、気候変動を題材としたＳＦ作品を発表している。イ・ルカとパク・ムニョンは、フィクションであるＳＦ作品で環境問題を扱うだけにとどまらず、実際にも環境活動に取り組んでいる。正直、環境問題についてはやや無頓着だった私も、遅まきながら気候変動について考えるようになった。時代が直面している問題に敏感に反応し追いつくことができなければ、韓国では良いＳＦ作家になれないからだ。

結びの言葉

近頃、韓国文学に関心を持つ日本の読者が増えていると聞く。大変嬉しく、ありがたいことだ。韓国文学のなかでも韓国ＳＦならではの魅力は、なんといっても、社会問題に鋭く切り込んでいるところ、近い未来から遠い未来までまんべんなく俯瞰しているところ、そして、いかなるアイデンティティの持ち主やいかなる年齢の読者も排除しないために努力するというところにあると思う。このような韓国ＳＦの魅力が、日本の読者にも広く伝わることを願いたい。

（初出　「ちぇっくCHECK vol.7」）

チョン・ソヨンさんがおすすめする韓国ＳＦ作品

『タワー』ペ・ミョンフン
（文学と知性社）

『ぼくの彼女の足』チョン・ジェウン
（チャンビ）

『わたしたちが光の速さで進めないなら』
キム・チョヨプ
（Hubble）

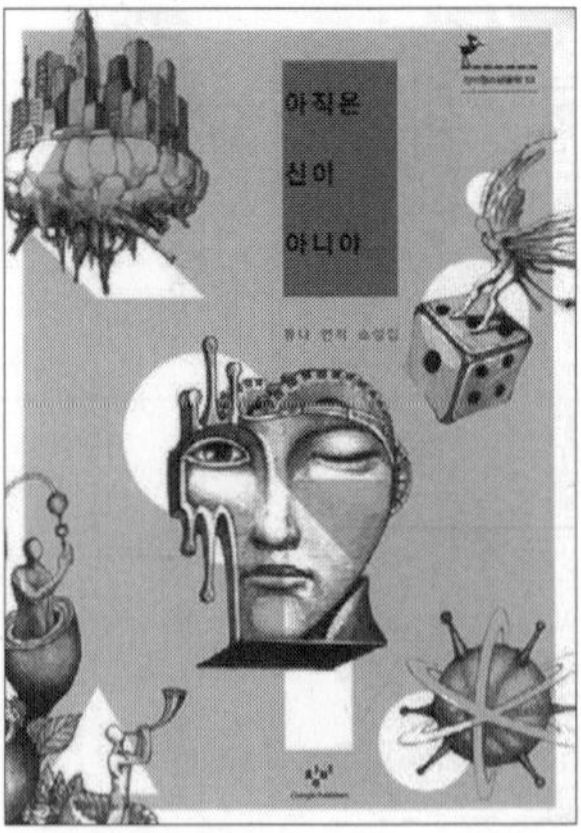

『まだ神ではない』デュナ
（チャンビ）

『まだ私たちには時間があるから』キム・ボヨン、デュナ、ペ・ミョンフン、チャン・ガンミョン
（ハンギョレ出版）

『パンデミック――6つの世界』キム・イファン、キム・チョヨプ、デュナ、ペ・ミョンフン、イ・ジョンサン、チョン・ソヨン
（文学と知性社）

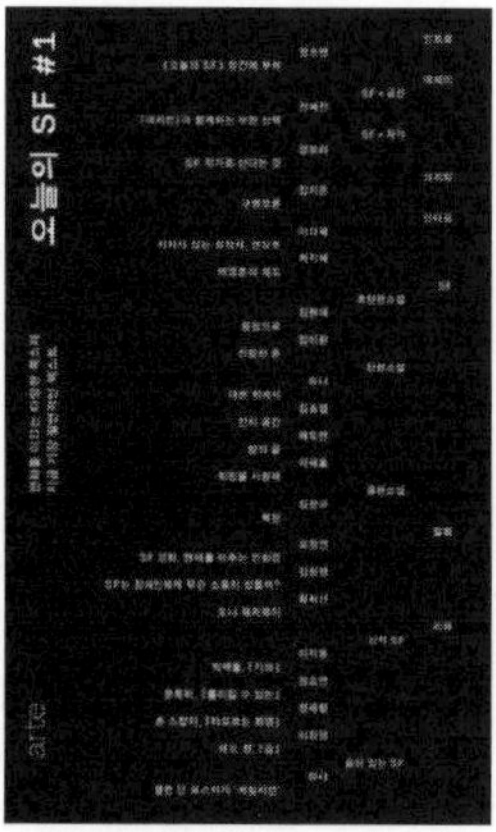

『今日のSF1号』コ・ホグァン他
（arte）

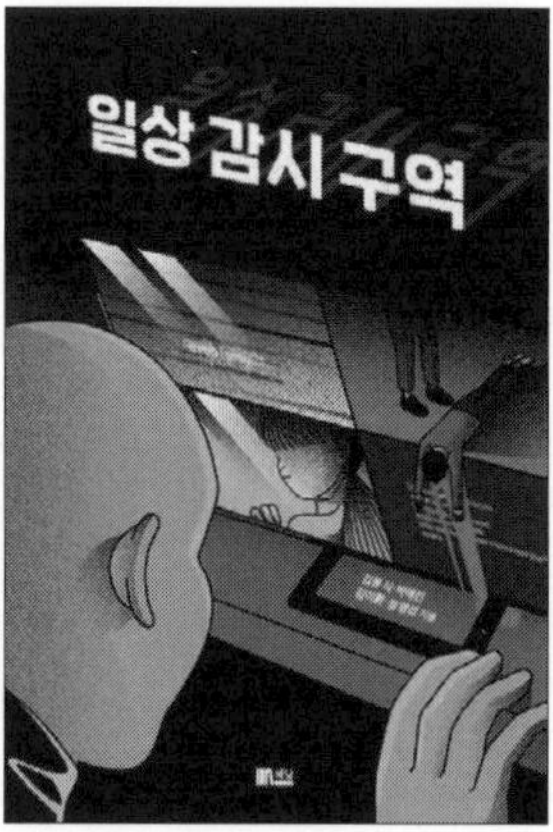

『日常監視区域』キム・ドンシク、キム・イファン、パク・エジン、チョン・ミョンソプ
（ハンソルスブック）

トピック別

韓国フェミニズム本、いま読みたい四冊

小川たまか

二十代前半、気晴らしにミステリー小説を読むことが多かった頃、ぼんやりと違和感を持っていたことがある。それは殺人や復讐の理由付けに、性暴力被害がよく使われること。男性作家だけではなく人気の女性作家の作品でも頻繁に見られた。

当時の日記に「女性の苦難といえばレイプされることだけなのか」と書いた記憶がある。あまりにも安易に用いられすぎていないかと思ったのだ。その頃はフェミニズムのことを何ひとつわかっていなかったけれど、今振り返れば自分の中にフェミの根っこはあったのだと思う。

それから十年以上経ち、性暴力の取材をする中でひとりの被害者が語った「エンタメの中で性被害は復讐のためのカタルシスを味わうためのものとしてしか描かれてこなかった」という言葉を知り、あのときの違和感とつながった気がした。

ステレオタイプではない性被害者の姿

カン・ファギル『別の人』（小山内園子訳、エトセトラブックス）は、性暴力をテーマとするフェミニズム小説だ。そしてミステリー小説でもある。近年、ポリティカル・コレクトネス（ＰＣ）が広く知られるところとなるとともに、ＰＣに配慮していたらエンタメが成り立たないなどという声も聞こえて

くる。だからこそ同書が、フェミニズムを強く意識しながらミステリーとして成功していることを強調したい。ミステリーとして手に取った人が付随的に性被害者の複雑な心理を知ることになればいいとも思う。だってこれまでは、付随的にステレオタイプな被害者像や性暴力シーン（それはミソジニーとも親和的であったりする）を刷り込まれることの方が多かったのだから。

本書に落とし込まれている真実は、性暴力の被害者は自分の加害性に気づかざるを得ず、一方で加害者はその加害性に気づくことができないという点である。被害を告発する人は、社会からの反発やバッシングを受けて自分の過去の行いにまで向き合わざるを得ないところまで追い詰められるが、加害者が加害行為から目を背けるための言い訳は社会の中にふんだんに用意されている。この解像度の社会への浸透具合について、日本より韓国の方が進んでいるような気がしてならない。

訳者の小山内園子は社会福祉士として女性からの相談を受けてきた経験を持つ。彼女が解説で「（性暴力やDVの）事件を特別な出来事、〈題材〉として扱わず、女性の人生にあたりまえに巣くう不安と位置づけている」と本書を評価している点に注目してほしい。これまで、まるでみんながわかっているかのように題材として使われてきた性暴力が、いかに作り物であったか。性暴力被害を特別なレアケースであるかのように描くことが、いかに偏った視点であったか。

当事者でなく傍観者にもならない者として

パク・ソルメ『もう死んでいる十二人の女たちと』（斎藤真理子訳、白水社）は社会問題を切り口とした八篇の短編集だが、ほとんどの作品は当事者としてではなく当事者以外の視点で問題と対峙する。表題作もそうである。主人公は殺された女性ではなく、性被害者たちを「発見」した男性でもなく、その男性の友人として物事の中に立つ。

女性が女性であるという理由だけで殺される事件が起こったときに、被害者でも加害者でも、その家族でもない私たちはどのようにその問題を捉えるべきなのか。見せかけの中立でも被害当事者の怒りを代弁することでもなく、事件を忘れないでいるためには。パク・ソルメはさりげなく静かに、風化を拒否し傍観者でいることに抵抗している。

韓国のフェミニズム運動に激しいイメージを持つ人が多いかもしれないが、彼女の作品は韓国フェミニズムの、あるいは社会運動への向き合い方への奥行きを感じさせるものだ。

差別される側は知恵をつけることを放棄するわけにはいかない

イ・ミンギョン『失われた賃金を求めて』（小山内園子・すんみ訳、タバブックス）は、日本でも絶賛の声が多かった『私たちにはことばが必要だ フェミニストは黙らない』の著者による一冊（訳者、出版社は同じ）。

「女性の仕事と思われている職種が些細で、周辺的で、重要度が低く、副次的で、副業や趣味として考えられていなかったら、また生計のための労働であることと専門性が認められ、それにふさわしい待遇を受けていたとしたら、女性はどんな仕事をして、その仕事には果たしてどれぐらいの賃金が支払われたのだろうか」

男女間の賃金格差は、日本のネット上でも「議論」が繰り返されるトピックである。女性がいくらデータや統計を持って説明をしても、なぜか賃金格差があることすら認めてもらえない状況こそがミソジニー大国ならではなのであるが、とはいえ差別される側は知恵をつけることを放棄するわけにもいかない。韓国と英語圏・フランス語圏のメディアや調査による裏付けによるたたみ掛けが爽快で、労働問題に詳しい西口想による解説「日本で、女性がもっと受け取れるはずだった賃金の金額を求めよ」も心強い。前作と同様、国の壁を飛び越えて女性をエンパワメントする一冊になっている。

「クソフェミ」と自称できたらいいのに

ミン・ソヨン『クソ女（アマ）の美学』（岡崎暢子訳、ワニブックス）は、フェミニズムに興味はあるけれどまだ飛び込めない男女にプレゼントすると良い一冊ではないか。イラストが多いので手に取りやすいし、日常の中で女性が感じる大小の違和感の連続こそがフェミニズムに直結することがわかる。ネット上のミソジニーを日々浴びている身としては「クソアマ」より「クソフェミ」「ツイフェミ」の方がピンと来るけれども、現時点で傷ついている人の多い蔑称であるためこれは仕方ない。本書を読みながら、日本の女性たちが自信を持って「クソフェミ」を自称できる社会が来ることを夢想したりする。

民主化運動と韓国文学

権容奭《クォンヨンソク》

韓国が世界に最も誇れることは、市民の力で民主主義を勝ち取った歴史にあるだろう。独裁に抗い自由・平等・平和を求めた韓国民主化運動は、それ自体が感動の物語でもあった。その民主化運動を支えたのが文学だった。マスコミや映画が統制下にあった「言論の不自由」のなかで、権力や社会を批判したのは一部の学者と「文人」だった。その背景には科挙制度の伝統による「文」の優位、道徳と責任感を重んじる「ソンビ（≒知識人）意識」、文人に対するリスペクトという文化的要因もあった。文人たちは「ペンは剣よりも強し」を信じ、文字通り「命を懸けて」自由と民主主義のために書き続けたのである。ここでは、民主化運動の歴史的経緯と文学の関わりについて簡潔にみてみたい。

解放、そして分断

日本の植民地支配から解放された韓半島の最重要課題は国民国家の建設にあった。だが三十六年に及ぶ日本統治の結果、社会は分裂していた。独立運動においても二つの路線が生まれそれが南北分断の淵源となり、国内も植民統治に協力し私腹を肥やした「対日コラボレーター（いわゆる「親日派《チニルパ》」）」と独立を求めた側（民族主義、抗日）に分かれた。従って、この「親日派」と前近代的体制を一掃し平等で民主的な社会を志向する社会革命と、二つの路線（自由主義と共産主義）を統合する国家建設が急務であった。しかし、冷戦を背景に分断国家が誕生すると韓国では、粛清されるべき「親日派」が「反共」を盾に「親米派」に転身し、社会の主流に復活した。朝鮮戦争を経て分断体制は固定化し、韓国は反共を国是に国民を動員する「開発独裁」国家となった。北朝鮮の脅威を前に、人権は無視され民主化・統一への熱望も（北朝鮮に追従する）「従北」「アカ」「共産主義」「反国家」として抑圧された。こうしたなか韓国文学のテーマ意識には、独裁と「圧縮成長」の矛盾、疎外・抑圧された人々の痛みと哀しみへの共感、民主化と分断体制の克服への志向が含まれることになる。

　韓国民主化運動の起点は一九六〇年の「四・一九学生革命」に求められる。政権の無能と腐敗、不正選挙に抗議して学生と大学教員を中心にデモが起き、李承晩《イスンマン》大統領を退陣に追い込んだ。だが、民主化への希望は翌年の朴正熙《パクジョンヒ》らの軍事クーデタによって挫折する。「四・一九」を契機に金洙暎《キムスヨン》と崔《チェ》仁勲《イヌン》という文豪が誕生し、後の民主化運動に多大な影響を与えた。独裁下の韓国文学では、暗喩と象徴を用いる詩が重要な役割を果たした。詩が「言語の主権を回復すべきだ」とした詩人・金洙暎は「青い空を」で、「自由には血の匂いがする」「革命は孤独」だとして、命を賭けた闘争を呼びかけた。また「草」では、「草が地に伏す／風よりも一層すばやく地に伏す／風よりも一層すばやく涕き／風よりも先に起ち上がる」と謳った。草を民衆に喩え、民衆は権力にひれ伏し、その無念さに涙するも、真っ先に立ち上がるのも草だとして、民衆の生命力・抵抗力に期待を込めた。崔仁勲は『広場』（吉川凪訳、クオン）を通じて韓国の民主化が「分断体制」の克服と相関関係にあることを描いた。

　七〇年代に朴正熙大統領は権力の永続化を図って「維新憲法」を発布し、国家保安法と超法規的な

「緊急措置」を通じて一切の反体制運動を弾圧した。それでも抵抗詩人・金芝河《キムジハ》は七〇年に、国会議員、官僚、将星（軍幹部）、長・次官、財閥を「五賊」と規定し、権力層の不正腐敗を告発し嘲弄する「五賊」を「思想界」に発表した。これによって詩人は拘束され、唯一の民主的総合雑誌「思想界」は廃刊となった。その後別の公安事件で死刑判決を受けた金芝河は七五年、非常事態体制下の息苦しい時代的状況を渾身の力を込めて綴った「燃えたぎる喉の渇きで」を発表した。「震える手　震える胸／震え立つ怒りで／お前の名を書く／民主主義よ、万歳！」と叫ぶ本作は、軍事独裁政権の強圧的な統治に抗い、民主主義に対する熱望を謳った七〇年代の記念碑的作品だ。

韓国最大の傷痕

七九年に朴正熙が暗殺されたが、民主化への機運はまたも全斗煥《チョンドゥファン》が率いる「新軍部」のクーデタによって頓挫した。新軍部は八〇年五月に野党政治家の金大中《キムデジュン》を内乱罪で逮捕し、戒厳令を全国に拡大した。金大中の地元・光州は学生と市民が民主化を求めるデモを繰り広げ、新軍部に強く抵抗した。これに対して新軍部は特殊部隊を投入し、多くの市民が虐殺された（五・一八光州民主化運動）。この情景は映画『光州5・18』、『タクシー運転手』に劇的に描かれている。

光州虐殺の責任者と目された全斗煥が大統領となり、日米の支援の下に権威主義体制を維持した。だが、八〇年代の韓国では大学生や労働者の数も増え、「光州」の真相を知った若者を中心に民主化運動が活発化する。数千人の学生が特権を捨て工場に「偽装就業」し、労働者のための夜学や労働運動に身を投じた。その中には後に女性文学をリードする孔枝泳《コンジヨン》、申京淑《シンギョンスク》などもいた。八七年一月、ソウル大生の朴鐘哲《パクジョンチョル》が拷問死した事件とその隠蔽工作を契機に、民主化運動に火がついた。学生、労働者、宗教団体、マスコミが連合し六月十日に全国的に一斉デモが行われた。その際、延世大の李《イ》韓烈《ハンヨル》が催涙弾に撃たれて死亡する事件が起き、市民の闘志にさらなる火をつけた。この「六月抗争」によって、大統領直接選挙制や言論の自由保障など政治的民主化が達成された。

八〇年代の「民主闘士」の多くは、「燃えたぎる喉の渇きで」を胸に刻み、デモでは「朝露」「ニムのための行進曲」を合唱し、夜にはパク・ノへの「労働の夜明け」、金南柱《キムナムジュ》の「自由」、趙廷來《チョジョンネ》の『太白山脈』などを読み、次なる闘争への覚悟を新たにした。その後も民主化運動の遺産は「キャンドル集会」へと引き継がれ、世界からK-Democracyとして賞賛された。近年には香港やミャンマーなどアジアの民主化運動にも影響を与えている。香港のデモでは「光州」のテーマ曲「ニムのための行進曲」が歌われ、ミャンマーの青年は「五・一八は私たちが進むべき道を教えてくれました」[1]と語り、光州でも「光州ミャンマーネットワーク」が結成されミャンマー民主勢力との連帯を志向した。

民主化運動に関連する作品として、ここではハン・ガンの『少年が来る』（井手俊作訳、クオン）を紹介する。ニーチェは「逆境を歩くことが善だ」としたが、ハン・ガンはこれを実践に移した作家といえる。光州出身のハン・ガンの文学を貫通しているのは、人間の暴力性と欲望についての問いだ。『菜食主義者』（きむふな訳、クオン）が社会の個人に加える暴力の話だとすれば、『少年が来る』は国家が個人に犯した暴力を扱っている。本作は光州民主化運動を、犠牲者と遺族の証言形式で叙述し、徹底

1：MBCニュースデスク、2021年5月18日

した考証と取材を基に精巧かつ緻密に描いた。「民主化運動（光州）へのレクイエム」といえる本作は、「五月光州」を最も美しく形象化した作品として評価された。

ハン・ガンは二〇世紀、韓国の最大の傷跡は「五・一八」だとし、「光州は暴力と尊厳が共存するすべての場所を指す」[2]とした。ハン・ガンは本作で暴力の中で花開いた人間性の可能性に注目し、当時、新軍部の無慈悲な暴力が市民の清らかで力ある良心、すなわち真正なる人間性を呼び覚ましたことを描いた。ハン・ガンは本作の意義を次のように語る。

「人間には一方に残酷さがある反面、他方で他人の苦痛に共感できる人間の高貴さがあります。互いを包み込むことができる人間固有の能力に思いを馳せながら、その熱い共存こそが人間の本質ではないかと思うようになりました。[3]」

文在寅《ムンジェイン》大統領が二〇一八年の休暇中に選んだ図書も『少年が来る』だった。一方、ハン・ガンが韓国人初のマン・ブッカー賞を受賞した際、当時の朴槿恵《パククネ》大統領は本作を理由に祝電を拒否した。そればかりか、政府が政権に批判的な文化芸術人を排除する目的で作成した「ブラックリスト」に、「世界のハン・ガン」も含まれた。だがその朴槿恵は市民による「キャンドル集会」によって弾劾され、懲役二十年の判決を受け収監された。

2：ストックホルム、2019年
3：YTN News、2014年5月18日

行動する知識人たち

他にも巨匠・黄晳暎《ファンソギョン》の『懐かしの庭』（青柳優子訳、岩波書店）は、八〇年代以降、韓国社会の変革を夢見て闘ってきた若者の波乱万丈の人生と愛の物語を、美しく感動的に描いた傑作だ。また、民主化運動、訪朝、亡命、収監を経験した黄晳暎の自伝『囚人』（舘野晳・中野宣子訳、明石書店）は、民主化運動と文学についての生きた証言でもある。また、チェ・ギュソク『沸点――ソウル・オン・ザ・ストリート』（加藤直樹訳、ころから）は一九八七年の「六月抗争」をマンガでリアルに描いており、民主化運動の入門書としてお薦めだ。さらに、美談になりがちな民主化運動に対して、組織の非民主性、男性中心主義批判など自省的観点をふまえた「後日談文学」の出現も興味深い。フェミニズムの大衆化に貢献した孔枝泳の『サイの角のようにひとりで行け』（石坂浩一訳、新幹社）、『鯖』（未邦訳）やチェ・ヨンミの『30才、宴は終わった』（韓成禮訳、書肆青樹社）は時代を斬る傑作となった。

韓国で文学は単なる「読み物」ではなく、政治・社会を変え歴史を創ってきた。韓国の文人の多くは行動する知識人であり、熱いハートを持つ勇気ある市民でもあった。また、七四年に結成された「韓国作家会議」（当初は自由実践文化協議会）など、歴史の節目において組織的に抵抗し、文学を通して民主化や正義を求めてきた。よって、民主化運動に影響を与え、その成果の土壌の上で花開いた韓国文学には普遍性が宿っている。これからも「K文学」に注目すべき理由がここにある。

「喪失」と「トラウマ」に向き合う韓国文学――聖水大橋・三豊デパート・セウォル号

権《クォン》容奭《ヨンソク》

韓国社会を理解するキーワードに「圧縮成長」がある。近代化、産業化、民主化、国際化、情報化など、西洋諸国が五百年かけ、日本が百年以上かけたことを、韓国はたった三十〜四十年で成し遂げた。急速な成長は「漢江《ハンガン》の奇跡」と呼ばれ賞賛されたが、ソウルの地価が五十年間で三千倍も跳ね上がる「超成金社会」の中で、社会経済的な格差は広がり、開発主義は暗い影を落とすこととなった。八七年の民主化によって軍部独裁が退いた場所に、今度はグローバル資本主義、新自由主義が新たな支配者として君臨し、利潤、拝金、競争、効率、成果主義が時代精神となってしまった。そうして九〇年代以降、圧縮成長のひずみが韓国社会を覆い、「海外トピック」の定番のような衝撃的な惨事が立て続けに起きた。惨事には悲しみと憤怒、哀悼と傷跡、記憶と忘却がつきものだ。このような社会的「喪失」と人々の「トラウマ」に韓国文学は向き合ってきた。

「安全不感症」がもたらした惨事

一九九四年十月、ソウルの江南《カンナム》・狎鴎亭洞から江北へと渡る全長千百六十一メートルの聖水大橋《ソンステギョ》（七七年着工、七九年竣工）が突然崩壊し、通勤・通学中の市民四十九人が漢江に墜落、三十二人が亡くなった。当時私は狎鴎亭洞に住んでいて墜落したバスもよく利用していたので大きな衝撃を受けた。当時の金泳三政権は「世界化《セゲファ》（グローバル化）」をスローガンに先進国入りを目指していたが、近代韓国がいかに脆弱な基盤の上に立っていたのかを思い知らされた。合わせて、近代文明の崩壊の予兆のようにも思えた。それでも「安全不感症」は治らず、翌年六月二十九日、八年前に「民主化宣言」が出されたその日に、今度は外壁が派手なピンク色だった三豊《サンプン》デパートが崩壊した。死者五〇二人、負傷者九三七人を出し、朝鮮戦争以来一日の犠牲者では最大の惨事となった。それはまるで二年後に訪れるアジア経済危機（「ＩＭＦ危機」）の予兆のようでもあった。江南のど真ん中の「富の象徴」だったデパートが、たった三秒で崩壊したからだ。

　これらは事故ではなく、起こるべくして起こった「事件」であった。手抜き工事と政府の安全点検の不備、担当公務員の監督不届きと収賄など、公権力を利用して私益を追求してきた韓国社会の不正腐敗と病理の結果だった。この事件をモチーフにした作品に、二〇〇六年現代文学賞を受賞したチョン・イヒョンの「三豊デパート」（『優しい暴力の時代』所収、齋藤真理子訳、河出書房新社）がある。現場近くに住んでいた作者は、人々の記憶から消えつつあるこの事件を通じて、瓦礫に埋もれて命を失くした、同じく忘れられていく一人の女性の人生に再び光を当てた。家族・共同体の解体をテーマにするキム・ギョンウクの李箱文学賞受賞作「天国の門」や「羊たちの歴史」（いずれも未邦訳）も二つの事件から影響を受けたという。そのほか、この二つの事件を含めベイビーブーム世代の経験と夢と挫折を吐露したチャン・ソクジュ『ベイビーブーマのための弁明』（未邦訳）がある。文学ではないが、映画『はちどり』（キム・ボラ監督）がこの時代の雰囲気をリアルに描いている。

九七年のアジア通貨危機で韓国は国家倒産の危機に瀕し、ＩＭＦ（国際通貨基金）の支援を仰ぎ大規模なリストラと構造改革を受け入れた。韓国社会はこのＩＭＦ危機を境に前後に分かれる。ＩＭＦ後はグローバル化、新自由主義的発展戦略で財閥の国際競争力は高まりＩＴ化も進んだが、中間層の衰退と格差が構造化する一方、無限競争と非正規雇用など「不安社会」が到来した。かつての「情」や共同体意識、楽観主義など「韓国らしさ」が徐々に失われアイデンティティ・クライシスとともに「喪失の時代」を生きている。圧縮成長とＩＭＦ事態を経て、社会で「見えない存在」となってしまったある男の物語であるソン・ソクジェの『透明人間』（二〇一四年、未邦訳）は、今を生きる韓国人の自画像でもある。

セウォル号事件の衝撃

二〇一四年四月十六日、済州島への修学旅行生を乗せた旅客船セウォル号が珍島沖で沈没して三〇四人が犠牲になり、韓国社会に大きな衝撃を与えた。通常、惨事は「事の後」に中継される場合が多いが、これがあまりに惨かったのは、転覆から沈没まで多くの命が置き去りにされ、失われていく光景をなすすべもなく見届けざるを得なかったことだ。また、被害者の多くが十七歳でＳＮＳなどを通じて最期まで、亡くなった後も「こちら側」と交信でき感情移入ができたことも特異だった。船長は逃げ、国家は救助できず、マスコミは「全員救助」との誤報を流し、大統領は七時間も消えていた。韓国社会は「これが国家か」と憤怒し、結果的に朴槿恵大統領の弾劾への導火線となった。だが、遺族や支援者の断食（文人や文在寅も参加した）、珍島から大統領府までの五百七十キロにおよぶ徒歩行進などにもかかわらず、真相究明はいまだなされていない。かえってセウォル号だけを特別扱いすることへの反発から、遺族へのバッシングも起きている。アダム・スミスは『道徳感情論』（一七五九）で、「不幸な人に対する最も残酷な侮辱は、彼らの災難を軽視する態度をとることだ」としたが、遺族は二重のトラウマを背負っている。

セウォル号事件は文学界にも大きな影響を与えた。申京淑《シンギョンスク》は「あの日以降、書きたいという欲望と想像力がどこかに消えてしまい、回復の目途が立たない」とし、出版関係者も「感受性の敏感な作家たちが作品活動に集中できずにいる」と話した。それでも黄皙暎《ファンソギョン》など「韓国作家会議」の文人七百五十四人は、徹底した真相究明および政府の不正腐敗と嘘の断罪を求める時局宣言文を発表した。宣言文では、「政権は生命よりも資本の利潤を考慮し、安全よりも政権の維持を優先した」「言葉にならない憤怒と哀しみを表現することが作家の使命だ」「癒えることのない傷を全身で証言し、傷跡を隠し言葉を統制する反省なき権力に立ち向かう」と強調した。[1]

また、キム・エラン、キム・ヨンスなど韓国を代表する文人たちが、セウォル号事件を通じて国家とは何か、人間とは何かを問う『目の眩んだ者たちの国家』（矢島暁子訳、新泉社）を緊急出版した。出版社文学トンネは収益を寄付し二〇一八年には電子書籍版を無料で配信している。韓国版の裏表紙には、申京淑が「すべてが終わったかのような廃墟のこの場所で一からやり直さなければならない私た

1：Nocutnews, 2014年6月2日

ち。忘れずに記憶し見守ろう。これがはじまりだ」とメッセージを寄せた。それぞれに読み応えのある渾身の文章だが、とりわけ表題となったパク・ミンギュのエッセイは、小説家というより人間パク・ミンギュによる、極めて鋭利で的確な分析が魂の叫びとして綴られた文学史に残る名文だ。パク・ミンギュは「セウォル号は、船が沈没した「事故」であり、国家が国民を救助しなかった「事件」なのだ」と明確に定義する。日本から中古で買い無理な改造を加えた上に荷物を積み過ぎてすでに傾いたセウォル号を、ポストコロニアルと分断体制と新自由主義の下での韓国という国家に喩えた部分は圧巻だ。そして最後には、人災と惨事を繰り返し、常に責任逃れをする国家と資本と人々の欲望と忘却に対し、次のように訴える。

「これが最後の機会だ。どんなにつらく苦しくても私たちは目を開けなければならない。私たちが目を開けなければ、最後まで目を閉じることのできない子供たちがいるからだ。」

「記憶」と「共感」による戦い

その後、事件をモチーフにする「セウォル号以後文学」が誕生する。代表的なのが「喪失」をテーマに、大切な何かを失った人やその場に残されてしまった人を描くキム・エランの『外は夏』（古川綾子訳、亜紀書房）だ。「ボールの中では白い雪が舞っているのに、球の外は夏盛り、という誰かの時差を想像した」というように、いまだ時計の針が「あの日」で止まっている遺族への思いが感じられる。

また、他人の不幸に対峙する私たちの態度、共感の限界、疎通と理解が不可能な世界についての考察もある。『歌を歌って君が来てくれるならば——星になったこどもたちを歌うセウォル号のママ・パパたちの歌』(未邦訳)は、遺族と生存者家族を中心に結成された「416合唱団」の物語と歌に加え、キム・フン(「涙から歌へ」)とキム・エラン(「哀しみが哀しみに、苦痛が苦痛に」)らが寄稿したエッセイだ(CD付)。さらに児童文学者たちによる、キム・ハウンほか『スリちゃんは帰ってくるらしいよ』(未邦訳)もある。参加した作家は「哀しみの力を信じます」、「哀悼を充分に完了することはできるのか? 私の問いはここから始まった」などと綴っている。

政治家出身で人気作家の柳時敏《ユシミン》は『ボクの韓国現代史1959-2014』(萩原恵美訳、岩波書店)で、一九五九年と二〇一四年の韓国を比較して、「平等に貧しい独裁国家だった韓国は、不平等に豊かな民主国家になった」と指摘した。実際、外国人労働者の多く住む安山《アンサン》ではなく、江南の高校生ならば違う対応だったのではとの声もあがった。圧縮成長の弊害と構造化する格差は、その後も若者の命を奪い続けている。それでも韓国文学は、社会の矛盾、喪失とトラウマに向き合い、人間とは、社会とは、文学とは何かという根本的な問いかけをしている。「もううんざりだ」「いい加減にしろ」という忘却を強いる暴力に対しても、「記憶」と「共感」を通じた戦いで抵抗している。これからもトラウマを抱える韓国社会には、慰労そして治癒《ヒーリング》としての文学の役割が必要だ。

コラム

韓国文学と映像

西森路代

日本で翻訳された韓国文学の中でも最初に広く注目されることとなった『82年生まれ、キム・ジヨン』は映画化もされ、二〇二〇年に日本でも公開となった。そのことで、韓国文学は、それ以外の作品も続々と映像化されているのだろうと思われているかもしれない。しかし、実は思っているよりもはるかに少ないのが現実である。

特に『キム・ジヨン』のほかに、フェミニズムの流れを汲む作家の文学作品が映像化されたのは、チョン・セラン原作のNetflixオリジナルのドラマ『保険教師アン・ウニョン』（小説のタイトルは『保健室のアン・ウニョン先生』）くらいのものである。

それ以外の韓国の映像作品がどんな原作を元にしているのかと言えば、ウェブトゥーンと言われる漫画や、実話を元にしたノンフィクション、日本や海外の文学であることが多い。

例えば、非正規雇用の実情を描いたドラマ『ミセン－未生－』や、巨悪に立ち向かう社会派サスペンス映画『インサイダーズ／内部者たち』、二〇二〇年に大ヒットした『梨泰院クラス』、前後編で大ヒットした映画『神と共に』、NetflixのＳＦ大作ドラマ『シーシュポス』など、様々なジャンルでウェブトゥーンが原作になっている。ウェブトゥーン原作は大作のイメージがある。

実話を元にしたノンフィクション原作のものには、キム・チュンシク『実録ＫＣＩＡ――「南山と呼ばれた男たち」』を原作にした『ＫＣＩＡ　南山の部長たち』があったり、日本の小説原作で言えば、曽根圭介の同名小説を元にした『藁にもすがる獣たち』や、田辺聖子の『ジョゼと虎と魚たち』を原作とした映画『ジョゼ』などもあった。

韓国では原作があっても、解釈を重ね、監督の作家性の見える映像作品になることは多い。例えばパク・チャヌクの『オールド・ボーイ』は日本の漫画が原作であるし、『お嬢さん』は英国の小説家サラ・ウォーターズの『荊の城』が原作である。ポン・ジュノがハリウッドに挑戦した『スノー・ピアサー』も、フランスの漫画家ジャック・ロブの『LE TRANSPERCENEIGE』を原作に映像化したものであるし、ＮＨＫが主導して作ったイ・チャンドンの『バーニング』は村上春樹の短編「納屋を焼く」を原作にしている。どれも、原作を深く解釈してオリジナルな部分が多い作品になっており、日本で考える原作ものとはかなり違う感触の作品となっている。

こうした実例はあるが、冒頭にも書いたように、韓国の映画やドラマは圧倒的にオリジナルが多い。豊かな昨今の韓国文学の流れを映像にも盛り込んでいないのが、日本から見れば不思議にも見える。それはなぜなのだろうか。

まず、意外かもしれないが、実はまだまだ韓国ではフェミニズムをストレートに主題にした映像作品は少ない。近年、フェミニズムの視点が盛り込まれた作品もあるにはあるが、それが主題となるものがあれば、いわれなき中傷に晒されるという事実がある。『82年生まれ、キム・ジヨン』が出版されたとき、これを読んだというアイドルが誹謗中傷に晒されたのは有名な話であるが、映画化の際にも、主人公を演じるチョン・ユミに対しても誹謗中傷が集まり、また公開後間もなくはNAVERの映画レビューでの評価を低くつける、韓国で言うところの「評点テロ」の被害にあった。

これ以外でも、女性刑事二人が、アダルト動画サイトを利用した凶悪犯罪に立ち向かう様子を描いた映画『ガール・コップス』もまた、男性の描かれ方に反感を買い「評点テロ」を受けた。実際、この映画は韓国で問題とされた「n番部屋」を思わせるものがあったことも関係していたのだろう。アクションとフェミニズムを見事に融合させた映画で、日本では劇場公開されなかったが、個人的には強くおススメしたい作品である。[1]

日本で読まれる韓国文学や韓国エッセイを見ていると韓国でかなり浸透しているように思われるフェミニズムも、広く見られるドラマや映画で描かれると、物議を醸してしまう現状があることはうかがえる。もちろん、女性がボスや上司を演じるという意味でのジェンダーバランスは進んでいるのだが、ままならない現状をストレートに描くものはかなり少ない。

また、韓国の映画の世界では、大作映画や娯楽映画など一部を除けば、先述の通り、作家性を重んじており、そうした映画の脚本もほとんどが映画監督自身が手掛けているのも現実だ。近年で言えば、女性監督の作品も増えてきており、そうした作品にはフェミニズムが描かれた作品も散見される。映画『はちどり』や、『チャンシルさんは福が多いね』などは女性の監督が手掛けた作品であるし、ホン・サンスの『逃げた女』なども女性のそこはかとない生きづらさを感じさせる作品である。こうした作品は、昨今増えつつある。

1：韓国ネットの闇に晒された女優チョン・ユミと映画『82 年生まれ、キム・ジヨン』
https://www.newsweekjapan.jp/stories/culture/2019/11/82-2.php

これらのような、繊細な感情を描いた作品を撮る監督は、実感を自身の言葉で表現するため、原作を必要としない。つまり、小説家は小説家として自身の実感を語るが、映画監督も映画監督として、自身の感じたことを繊細に映像にしたいという欲求があると考えていいだろう。

しかし、日本の感覚からすると、韓国の文学を読んで、ドラマ化や映画化してほしい作品や、読んでいると頭の中に映像が浮かぶ作品はたくさんある。個人的には、たくさんの人々の実感が描かれる作品、例えばチョン・セランの『フィフティ・ピープル』や、『82年生まれ、キム・ジヨン』のチョ・ナムジュによる『彼女の名前は』などは、ひとりひとりが感じる違和感や生きづらさが繊細に書いている。こうした流れの中にある短編集『仕事の喜びと哀しみ』も、読めば読むほど映像が頭に浮かぶと思っていたら、KBSでスペシャルドラマ化されていたことを知った。

昨今、韓国ではWEBドラマで、地上波テレビともケーブルテレビとも違った作風のドラマも増えてきているし、冒頭で書いたようにNetflixオリジナルで『保健教師アン・ウニョン』が映像化された実績もある。二〇二一年からは、NAVERのウェブトゥーンだけでなく、ウェブ小説原作の映像化も始まっているし、チョン・セランの作品がドラマになることも発表されている。[2] 今後は、韓国文学の映像化はもっと多くなってくるのではないだろうか。

2：https://news.kstyle.com/article.ksn?articleNo=2160690&categoryCode=DR

K-POPアイドルとK文学

黒あんず

K-POPとK文学。私たちは二〇〇〇年代以降急速に親密になった「韓国文化」としてついひと括りにしてしまいそうになるが、もちろん両者はそれぞれの歴史を歩んできた。しかし、その間の距離は現在ますます縮まってきているように感じる。

K-POPとK文学の接点で真っ先に取り沙汰されるのは、二〇一八年にRed Velvetアイリーンが「最近読んだ本は？」という質問に「チョ・ナムジュの『82年生まれ、キム・ジヨン』」と答えた件だろう。アンチフェミニストたちがこの本のレビューサイトで低評価をつけて回ったように、彼女の一部のファンたちも「失望した」「男性ファンに中指を立てるのか？」などとネットに書き込み、彼女の写真を燃やしたりするなどの過激なバッシングを行った。これは「K-POPアイドルと読書」という事象のみならず、女性アイドルの表象に関する非常に重要な事件だ。

読書するアイドルたちの光と影

一方で、アイドルの読書は賞賛の的となることも多い。たとえば「文学ドル」として有名なBTSのRMやGOT7のジニョンはハン・ガン『少年が来る』を読んだことをメディアで明言している。二〇一七年に惜しくも急逝し、自身も小説を手がけていたSHINeeのジョンヒョンも、ハン・ガンの『すべての、白いものたちの』を出国時に手にしていたことは印象深い。同グループのテミンもソン・ウォンピョンの『アーモンド』を自宅に置いていたことで話題になった。

しかしなんといっても、芸能界でも筋金入りの読書家といえばＩＵだ。彼女がドストエフスキーや太宰治を読む姿は知られているが、愛読書の中には韓国文学も多い。韓国文学翻訳院のブログでは、パク・ミンギュ『カステラ』、ファン・ジョンウン『野蛮なアリスさん』、孔枝泳《コンジヨン》『私たちの幸せな時間』が彼女の愛読書から紹介されている。

BLACKPINKのジスとRed Velvetイェリも引けを取らない読書家だ。二人の愛読書にはチェ・ウニョン『ショウコの微笑』、キム・ヨンハ『殺人者の記憶法』、チョン・ユジョン『種の起源』などが並ぶ。アイリーンの一件のような「考える女」への誹謗中傷があっても、女性アイドルが本に親しみ、知性を退けず、物事を考えつづけることを私たちに示してくれることはひとつの希望ではないだろうか。

同時にその背景には、Ｋ‐ＰＯＰ産業がまだ年若いアイドルたちを商品として仕上げるために彼女ら／彼らに膨大な練習量を課し、十分な教育の機会を奪っている事実があることを忘れてはならない。現在多くのＫ‐ＰＯＰアイドルは中等教育（中学・高校）でリタイアする。十代からＮＣＴのメンバーとして活動しているヘチャンのバッグの中にチョ・セヒ『こびとが打ち上げた小さなボール』（韓国の教科書に広く採録されている）が入っていた意味を、私たちは考えつづけなければならないということだ。

小説の中のK-POPカルチャー

アイドルは本を読む。そしてそのような現実に応えるように、アイドルたち自身の姿も徐々に韓国文学に書き込まれるようになっていることは記録しておくべきだろう。たとえばフェミニズム小説アンソロジーの『ヒョンナムオッパへ』所収のキム・イソル「更年」にはSEVENTEENのファンである小学生の娘が登場し、イ・ミノ『誰にでも親切な教会のお兄さんカン・ミノ』では売れない作家にひょんなことから引き取った少女が「BTSの二次創作を書いてくれ」とせがみに来る。チョ・ナムジュの最新作『ミカンの味』では、なんと主人公である女子中学生四人のうちの一人はARMY（BTSのファン）だ。

K-POPアイドルとファンの関係性そのものをテーマにした作品もある。具体的なモデルがいるのかはわからないが、チョ・ナムジュ『彼女の名前は』所収の「彼女へ」では、女子大生がある日突然笑わない女性アイドルにクラッシュしてしまう瞬間から物語が始まる。「彼女に愛嬌ポーズ（可愛らしさをアピールするポーズ）をしてもらいたくない」と苦しみ奔走する女性のファンから女性アイドルへの複雑な憧れと共感は、今まで文学では描かれることの少なかったものの一つだろう。単なる記号ではない、私たちが日常で経験する抑圧に抵抗する力強い希望としてのアイドル像がここでは描かれている。

このようにアイドルの姿が登場しつつある韓国文学の現況は、とどまることを知らないK-POPの世界的な隆盛が反映されていると見るのがよさそうだ。インタヴューやSNSを見ると、作家たち自身も日常的にＫ－ＰＯＰを聴き、関心を持っていることがうかがえる。ファン・ジョンウンはエクササイズで用いる曲で気に入っているものはＥＸＯの「Call Me Baby」だと言い、キム・グミはＢＴＳとそのファンダムとの関係性に大いに驚き、刺激を受けたと語っている。

　そしてＺＥ：Ａのイム・シワンのファンを公言していて自作（『アンダー、サンダー、テンダー』）の登場人物にも彼の名前から「ジュワン」と名づけたチョン・セランは、キーイースト制作のＫ－ＰＯＰアイドルドラマ『イルミネーション（仮題）』の脚本を執筆することが決定している。この作品は本格的なＫ－ＰＯＰドラマとして、アイドルグループのメンバーの成長の痛みや葛藤を描くドラマになるという。ＳＭエンターテインメントなど韓国国内外のトップアーティストやクリエーターとのコラボを通して、世界で広く愛されるＫ－ＰＯＰの世界へと案内するような内容も盛り込んでいるようだ。すでに自作『保健室のアン・ウニョン先生』がNetflixでドラマ化されており、自身もその脚本に参加してドラマならではの演出に貢献したチョン・セランの手腕が存分に発揮されるに違いない。こちらも大いに楽しみなプロジェクトだ。

　ますます親密に、かつスリリングになっていくＫ－ＰＯＰとＫ文学の関係にこれからも目が離せない。

コラム

韓国の書店――闘いの場の記憶

石橋毅史

「かつて、ここにノクドゥという名の書店があった」。光州市のある場所に、そんな一文の刻まれたレリーフが建っている。「Location of Resistance Plans Discussions（抵抗の計画が討議された場所）」とも記されている。

一九八七年の「民主化宣言」まで、韓国は三十余年にわたって軍事政府が支配し、放送、新聞、出版は検閲を受けていた。そうした状況に反発する学生および市民と政府軍との衝突が、全国各地で勃発した。なかでも一九八〇年の「五・一八光州民主化運動（光州事件）」は有名で、ソン・ガンホ主演の映画『タクシー運転手 約束は海を越えて』、ハン・ガンの小説『少年が来る』など、題材となった作品が幾つかある。十日間で二百人余りの死者、五千人以上ともいわれる逮捕者を出した悲惨な事件であり、民主化実現への大きな礎になったともいわれる。

当時の光州の学生たちが集ったのが、十坪ほどの小さな書店「ノクドゥ」だった。自由な社会を望む彼らに必要な書物はどれも発禁だったが、店主は独自のネットワークを駆使してそれらを仕入れ、提供した。読書会や議論をする場を与え、ときには金銭面の援助もするなど、文字どおり物心両面でサポートしたという。

やがて、店主と彼の家族も内乱罪などの容疑で相次いで逮捕された。ノクドゥが営業したのは一九七七年から八一年のわずか四年ほどだったが、長い年月を経て、その名は光州市に永遠に記録されることになったのだ。

二〇一七年、僕は店主と面会する機会を得た。光州民主化運動で先頭に立った学生たちの〝思想的指導者〟といわれるその人は、若者に勉強の場を用意することと他に生活の糧を得る手段を思いつかなかったことが書店開業の目的であり、彼らのために本を調達し、手渡すことが自分の役割だった、と話した。短いインタビューを通じて印象に残ったのは、寛容さの伝わる笑顔と親切な語り口、いっぽうで多くの修羅場を潜り抜けてきたらしい隙のなさ、殺気だった。こんな本屋に遭遇したのは初めてだったが、彼が店主としてやっていたこと――地域の客に必要な本を提供し、本を通じて客を育て、自らも客に育てられていたことは、これまで出逢った大勢の本屋と同じだった。

韓国の書店数は一九九〇年代半ばの約五千七百軒をピークに減少に転じ、一部のオンライン書店と大型のオフライン書店（韓国では実店舗の書店をそう呼ぶ）が出版販売市場を占有する状況にあるが、七〜八年前からカフェや雑貨を組みあわせた小書店をはじめる若者が続々と現れ、〝本がさほど多くは売れなくなった時代の本屋の在り方〟が活発に追求されている。

いまのソウルのお洒落なブックカフェに、ノクドゥの面影を見つけることは難しい。でも、言論の自由を次世代へ伝えるために闘った本屋が各地にいたことを、多くの人が憶えている。現在、中国の圧力を受ける香港にも、アタリマエのように自由を享受する日本にも、ノクドゥのような本屋は存在するし、求められている。

二〇〇〇年代の韓国における日本文学受容

すんみ

九〇年代に村上春樹、江國香織、吉本ばなな、村上龍によって始まった日本文学の人気は二〇〇〇年代に入りピークを迎えた。韓国文学と日本文学の刊行部数や販売部数が肩を並べるほどになり、大学の中央図書館での貸し出しランキングの上位を日本文学が数多く占めていることが取り沙汰された。京郷新聞は二〇〇七年に「『日流』が私たちの日常になるとは」というタイトルの社説を掲載し、韓国で人気の日本文化を紹介した朝日新聞の特集記事を取り上げながら実情は「深刻」だと指摘した。

一部の作家に集中していた人気が日本文学全体へと広がり、その理由を探ろうとする記事も相次いだ。韓国出版マーケティング研究所長のハン・ギホは、日本文学に熱狂する若者について「政治・経済・社会の問題には関心をおかず、人の目線をまったく気にしないで主体的に生きていこうとしている一方で、つねに『関係の寂しさ』にもひたっている」とし、日本文学はこういった読者を意識した新しい作品を生み出していると分析。片や韓国文学は「評論家から好評を得ている小説はシリアスすぎる。だから若者から注目を得られる作品がいつも『不在』している」のが問題だと指摘する。

出版界では日本文学のブームを韓国文学の危機として捉え、韓国文学の在り方を反省する声も上がっていた。人気作家の孔枝泳《コンジヨン》は辻仁成とのコラボレーション作品『愛のあとにくるもの』（きむふな訳、幻冬舎）のプロモーションの際に、日本文学がたくさん読まれていることについて「社会が急変しているのに、(韓国の)書き手がそれに付いていけていない」と言った。孔枝泳のこうした発言をめぐり、記事は「春樹の憂うつな文体が(韓国に)入ってきたとき、彼は若者の喪失や苦悩と歩調を合わせているようだった。韓国の若者は小説が自分たちと同じことを悩んでほしいと求めていたが、韓国作家はそれを傍観し、深刻な社会問題、歴史問題ばかりに集中していた」とまとめている。

特記すべきは、孔枝泳が韓国文学について「民主化運動など後進国で起こるような出来事がこれまでの韓国文学のテーマ」だったと言っていることだ。一方で「日本は欧米人が南米やアジアを観るような視点」を持っているとし、「韓国の作品が日本で紹介されることはないはずだ。いまは私たちの暮らしもよくなっているから、後進国型の基調から脱皮して韓国文学も日本と肩を並べることはできるのではないか」と言う。しかし、こうした発言をした後も孔枝泳は、マイノリティに降りかかる暴力を告発した長編小説『ドガニ』(蓮池薫訳、新潮社)、労働闘争のルポルタージュ『椅子取りゲーム』(加藤健次・金松伊訳、新幹社)などさまざまな社会問題を描き続けている。

こうした韓国文学のテーマが「後進国型」かどうかという議論は置くとして、おもしろいのは、近年日本で韓国文学が盛り上がりを見せているところだ。ハン・ギホが先ほど紹介した記事で「『走れ、オヤジ殿』のキム・エラン、『カステラ』のパク・ミンギュのように〈21世紀的想像力〉をもって新しいマニア層を作っている作家もいないわけではない」と紹介した二人は、その後日本で翻訳され、日本の読者から熱い支持を受けている。日本文学のブームによって新しい文学への道を探っていた時期に登場した作家たちが、いま日本で読者から多くの共感を得ているのだ。

あとがき

この本の原稿を書きながら、ふと数年前に参加した韓国文学の読書会を思い出していた。その読書会は、自分と世代も性別も異なる参加者の多い初めての読書会だった。課題に指定されていた本があまりにも素晴らしかったので思い切って参加を申し込んだのだが、参加者から出てきたのは次のような言葉だった。「作者が若いね。技術がない。上手くない」「こういうのは文学じゃないよ」。

これは「文学」じゃない。それでは、「文学」とは何なのだろう？

大学に入学して初めての講義で、教壇に立った教官はこう言った。「文学というものの定義は何ですか？　わかる人は今後この授業には出席しなくて結構です。単位は差し上げます」。私はなんとなくわかった気がした。この人が言いたいのは、おそらく「文学に定義はない」ということなんじゃないかと。文学とは何かを決めることはできない。

はたしてそれは……半分あたりで、半分ははずれだった。授業を通してのメッセージはこうだった。「文学に定義はない、しかし文学とは何かと問いつづけることが文学を文学たらしめる。つまり、あなたがたが文学をつくるんです」。教官はそう言った。

何が文学で、何が文学ではないか。それは考えつづけることによってしか、あるいはたとえ考えつづけたとしても、到達できないかもしれない問いだ。シェイクスピアも西鶴も同時代の人々にとっては文学だとは思われていなかった。文学史は、つねに〈いま・ここ〉に準拠して刷新されつづける。生きている私たちが、文学とは何かを決めることができる。

だから、私の言いたいことはこれだけだ。ぜひ、おそれずに新しい文学を、小説を、詩を、物語を……手にとってみてほしい。読んでみてほしい。「おまえたちは本来の読者ではない」と諭してくる言葉なんかにまどわされずに。「おまえたちが感動した文学は文学のうちに入らない」と簡単に価値を決めつけてくる言葉なんかに納得せずに。

現在進行形で書かれている韓国文学から感じる力強さは、まさしくそういった呪いをはねのける力強さだと私は思う。この本で紹介されている作品はどれも、新しい動きや声、今まで圧し殺されてきたものを内包している。それは今まで文学なんか自分の生活とは関係ない、自分は文学に選ばれた人間じゃないと思っている読者をこそ、必要としているのではないだろうか。私たちを、あなたがたを、必要としているのではないだろうか。そういう読者と出会うために、今も世界中で新しい文学が生まれているのではないだろうか。

この本がその出会いをサポートする機会となるならば、それ以上にうれしいことはない。

そして今活躍する作家と作品だけでなく、その周りにひろがる出版社や書店、さらにはそれらを支えてきた韓国の膨大な歴史や社会、政治、文化、人々についても、ぜひ目を向けてほしいと思う。

これらの多彩な原稿を執筆してくださった方々に、この場を借りて感謝を申し上げたい。そして、この本を手に取ってくださったあなたにも。韓国文学が、韓国文学と出会った読者の中に新しい世界をひろげることを祈って。

黒あんず

〈監修者プロフィール〉

黒あんず　早稲田大学大学院修了。趣味で韓国文学を読み始めた。

〈執筆者プロフィール〉

アサノタカオ　編集者。一九七五年生まれ。大学卒業後、二〇〇〇年からブラジルに滞在し、日系移民の人類学的調査に従事。二〇〇九年よりサウダージ・ブックスの編集人をつとめる。著書に『読むことの風』。

石橋毅史　一九七〇年生まれ。作家。書店や出版についての文章が多い。二〇〇二年に初めて訪れて以来、韓国へたびたび出かけている。著書に『本屋がアジアをつなぐ』（ころから）、『本屋な日々 青春篇』（トランスビュー）など。

伊藤幸太　東京・西荻窪にある書店、忘日舎店主。古書と新刊を扱う。読書会、朗読会など書籍に関するイベントも不定期に開催。最近では配信型イベント、またチーム選書プロジェクトも試行中。ときどき書く仕事、読む仕事とか。

江南亜美子　書評家、京都芸術大学専任講師。おもに日本の純文学と翻訳文芸に関し、新聞、文芸誌、女性誌などでレビューや批評を手掛ける。共著に『世界の8大文学賞』（立東舎）など。韓国文学関連では『韓国・フェミニズム・日本 完全版』（河出書房新社）にも寄稿。

小川たまか　ライター／フェミニスト。二〇一五年頃から性暴力の取材に注力。著書に『「ほとんどない」ことにされている側から見た社会の話を。』（タバブックス）。YAHOO!ニュース個人などで執筆。

菊池昌彦　フリーライター。主に韓国・中国のドラマ、音楽などエンタメ関連ムックの他、歴史書、雑学書などの執筆を手がけるフリーライター。グループＳＫＩＴアジア担当。二〇二一年九月に執筆を手がけた『一冊でわかる韓国史』（河出書房新社）が発売予定。

権容奭（クォン・ヨンソク）　一橋大学大学院法学研究科准教授。専門は東アジア国際関係史、日韓関係、韓国現代史。政治・外交・歴史だけでなく、映画・音楽・スポーツまで幅広く研究している。著書に『岸政権期のアジア外交』『韓流と日流』『韓国文学を旅する60章』（共著）、訳書に『イ・サンの夢見た世界――正祖の政治と哲学』。文在寅大統領の自伝『運命』に解説を執筆している。

倉本さおり　書評家。共同通信文芸時評「デザインする文学」、週刊新潮「ベストセラー街道をゆく！」連載中のほか、新聞や文芸誌、週刊誌を中心にレビューやコラムを執筆。ＴＢＳ「文化系トークラジオＬｉｆｅ」サブパーソナリティ。

柴崎友香　小説家。二〇〇〇年の初の単行本『きょうのできごと』が二〇〇三年に映画化。二〇一〇年に『寝ても覚めても』で野間文芸新人賞、二〇一四年に『春の庭』で芥川賞受賞。著書に『百年と一日』『千の扉』など。

杉江松恋　一九六八年、東京都生まれ。慶應義塾大学卒。ミステリー中心に書評ライターとして活動中。著書に『路地裏の迷宮踏査』、『ある日うっかりＰＴＡ』他。近著『書評七福神が選ぶ、絶対読み逃せない翻訳ミステリベスト２０１１-２０２０』。

すんみ　翻訳家・ライター。早稲田大学大学院文学研究科修了。訳書にキム・グミ『あまりにも真昼の恋愛』（晶文社）、チョン・セラン『屋上で会いましょう』（亜紀書房）、ユン・ウンジュ著、イ・ヘジョン絵『女の子だから、男の子だからをなくす本』（エトセトラブックス）、共訳書にイ・ミンギョン『私たちにはことばが必要だ フェミニストは黙らない』『失われた賃金を求めて』（タバブックス）、チョ・ナムジュ『彼女の名前は』（筑摩書房）などがある。

チョン・ソヨン（鄭昭延）　大学在学中にストーリーを担当した漫画「宇宙流」が二〇〇五年の「科学技術創作文芸」で佳作を受賞し、作家としてスタートを切る。小説執筆と併行して英米のフェミニズムSF小説などの翻訳も手がけている。二〇一七年には他の作家とともに「韓国SF作家連帯」を設立し初代代表に就任した。また、社会的弱者の人権を守る弁護士としても活動中。著書に『となりのヨンヒさん』（吉川凪訳、集英社）がある。

仲俣暁生　一九六四年東京生まれ。文筆家、編集者。大正大学表現学部客員教授。著書『ポスト・ムラカミの日本文学』（朝日出版社）、『極西文学論』（晶文社）、『失われた「文学」を求めて——文芸時評編』（つかだま書房）ほか。

長瀬海　千葉県出身。インタビュアー、ライター、書評家、桜美林大学非常勤講師。文芸誌、カルチャー誌にて書評、インタビュー記事を執筆。「週刊読書人」文芸時評担当（二〇一九年）。「週刊金曜日」書評委員。翻訳にマイケル・エメリック「日本文学の発見」（『日本文学の翻訳と流通』所収、勉誠社）共著に『世界の中のポスト3.11』（新曜社）がある。

西森路代　ライター。ユリイカ、マイナビニュース、GALAC、リアルサウンド、現代ビジネス、&M、CINRA、朝日新聞、ハフポストなどで執筆。共著に『韓国映画・ドラマ——わたしたちのおしゃべりの記録2014~2020』。

ele-king books

韓国文学ガイドブック

2021年7月23日　初版印刷
2021年7月23日　初版発行

監修　黒あんず

装幀　北村卓也
編集　大久保潤（Pヴァイン）

発行者　水谷聡男
発行所　株式会社Pヴァイン
〒150-0031
東京都渋谷区桜丘町21-2 池田ビル2F
編集部：TEL 03-5784-1256
営業部（レコード店）：
TEL　03-5784-1250
FAX　03-5784-1251
http://p-vine.jp
ele-king
http://ele-king.net/

発売元　日販アイ・ピー・エス株式会社
〒113-0034
東京都文京区湯島1-3-4
TEL　03-5802-1859
FAX　03-5802-1891

印刷・製本　シナノ印刷株式会社

ISBN 978-4-909483-92-8